ウルバンの月

花郎藤子

白泉社花丸文庫

沢木家系図

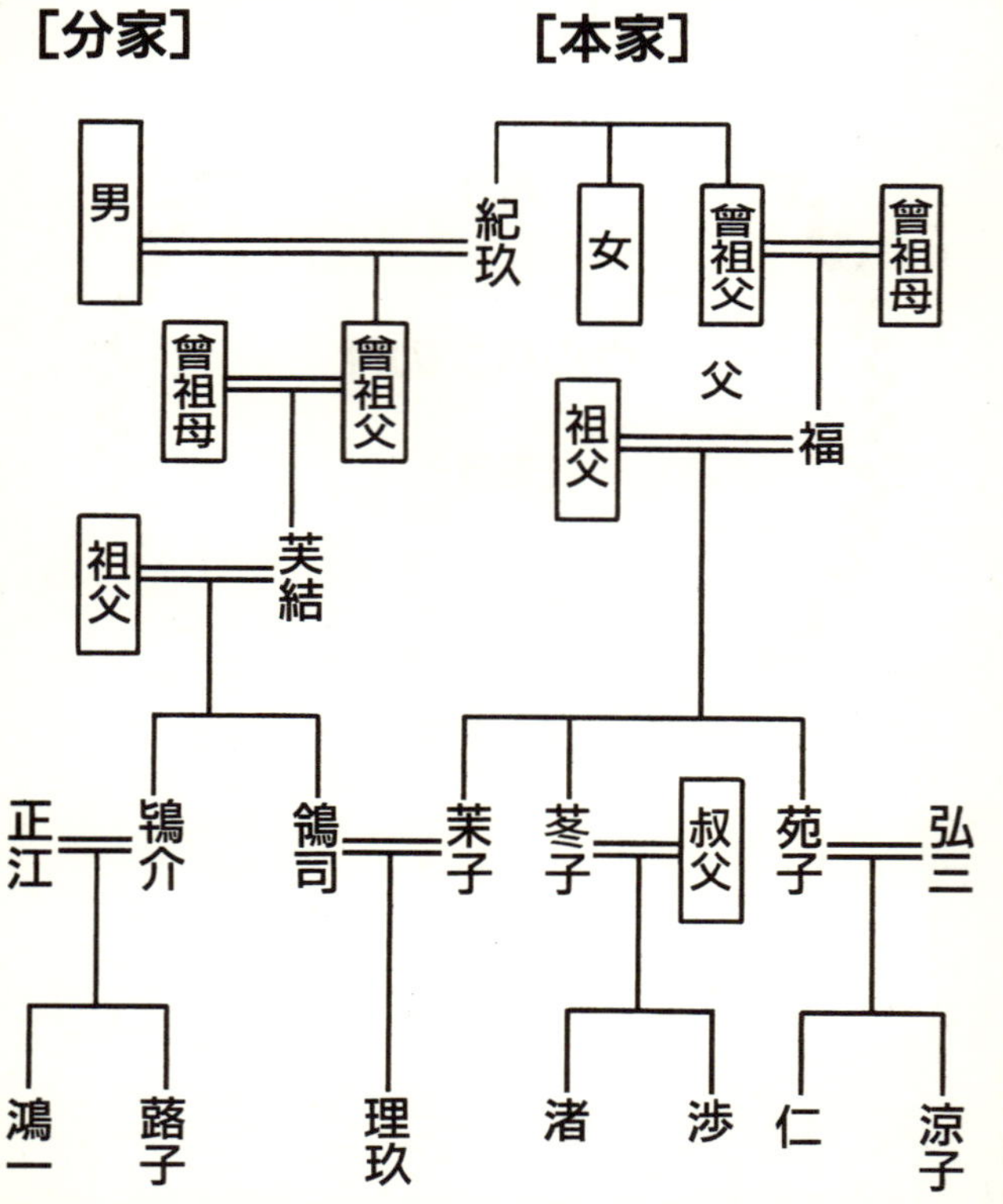

[分家]
[本家]
男
紀玖
女
曾祖父
曾祖母
曾祖母
曾祖父
父
祖父
福
祖父
芙結
正江
鴇介
鴇司
茉子
苳子
叔父
苑子
弘三
鴻一
蕗子
理玖
渚
渉
仁
涼子

ウルバンの月　もくじ

イラスト／佐々成美《さっさなるみ》

ウルバンの月

1

どんっ――と大気《たいき》を鳴らして天《そら》が割れ、その雷鳴《らいめい》の下を駆け出した理玖《りく》は、たちまちのうちにどしゃぶりのただなかにいた。

激しい雨に、周囲の様子はおろか物音すらも満足に把握《はあく》出来ない。

ずぶ濡《ぬ》れになって走りながら、コンビニエンスストアの駐車場の前を通りかかる。車二、三台分の小さいスペースの奥に、通りから少し引っ込んで店がある。

普段なら寄ったりしないのだが、あいにくほかに雨宿《あまやど》り出来そうな場所が見当らない。

この近辺《きんぺん》は古くからの住宅地で、静かな道路沿《ぞ》いには、イチイやカナメモチの生《い》け垣《がき》をぐるりと巡《めぐ》らせた行儀《ぎょうぎ》のいい一軒家が多い。駅や商店街といった経済圏は、隣町との境を流れる神漏川《かむろがわ》の向こうにあり、マンション化などの再開発の波は、川のこちら側には及《およ》んでいない。

夏の宵《よい》、玄関先には打ち水がまかれ、隣家《りんか》の奥さんは裏木戸から庭伝いに頂《いただ》き物のお裾《すそ》分《わ》けに来て縁側《えんがわ》から声をかけ、古井戸の残る家では地下水で西瓜《すいか》を冷やしておく。ほんの二十分も歩けば私鉄の大きな駅のある土地なのに、このあたりには市街化の波に飲まれていく近在の地域とは異《こと》なるのんびりとした時が流れている。長年酒屋を営《いとな》んでいたこの店が、五、六年前、大手コンビニエンスストアのチェーン店になることになった際も、店主の変節《へんせつ》はいかがなものか、とする議論が、ひと月以上も周辺の各家庭の食事時のトップニュースとして語られた。

ためらったが、しかたなく理玖はそのコンビニの軒先《のきさき》に避難《ひなん》した。

滝にでも打たれたように全身がびしょ濡れだ。半袖《はんそで》の白いカッターシャツは肌に張り付き、ジーンズの足許《あしもと》もえらいことになっている。水たまりをこぐようには出来ていないエア・クッション入りのスニーカーを、水洩《も》れの具合を点検《てんけん》するように見下ろしつつ、眉《まゆ》をひそめて髪をかき上げた。

髪は、まるでシャワーを浴びたあとのようだ。たっぷりと水を含んでおり、ぎゅっと搾《しぼ》ればまるでレモンのようにだくだくと流れるだろう。顔をしかめて理玖は、雫《しずく》のしたたるその髪を後ろに全部撫でつけた。

B4サイズの黒い書類ケースは水に強いポリプロピレン製だが、中のデザイン画が無事かどうか、気になってならない。しかし、へたにここで開けるとかえって水滴が入ってしまいそうだ。一時間ほど前に取り引き先と合意に達してきたばかりの企画書だ。まだコピーもとっていないデザイン原画も含まれている。すぐにも確かめたいが、確かめられない。

しょうがなく理玖はシャツの胸許にケースをこすりつけて、表面に付着している水滴だけでも拭《ぬぐ》い取ろうとしたが、肌が透《す》けるほど濡れそぼっているそのシャツではまったくものの役に立たなかった。

激しい夕立は一向《いっこう》にやまない。

午後三時前とは思えないうす暗さを縫《ぬ》って、ときおり稲光《いなびかり》が亀裂《きれつ》のように光る。

路面を跳《は》ね返るほどの勢いで降りしきる雨は川のようにアスファルトを流れ、逆巻きながら排水溝《はいすいこう》へと流れ落ちていく。シャツ同然、飽和《ほうわ》状態のハンカチでそれでも気休めに額《ひたい》やうなじを拭いながら、理玖は再びそのどしゃ降りの中へ走り出る意欲の昂《たか》まりを待っていた。

コンビニで一本五百円のビニール傘《がさ》を買うことも出来る。が、ここから家まではあといくらも距離はない。ほんのひとっ走りだ。それに、どうせこれだけ濡れてしまったのだから、いまさら、もう二倍濡れようが三倍濡れようが変わりはない。いまから傘をさす方が滑稽《こっけい》というものだ。

不意の夕立の意地の悪さに溜息《ためいき》をついて、ふと左脇に眼をやると、公衆電話のそばに小さな少女が立っていた。彼と同様雨宿りをしているように、軒先にぽつんと立っている。七、八歳だろうか、まだ幼さの残る顔で、じっと理玖を見ていた。癖《くせ》のないまっすぐな長い髪にヒマワリの花の付いたヘアピンをひとつとめ、青地に白い花模様《もよう》が散った袖なしのワンピースを着ている。腕には、サンダルを履《は》いたその足許まで届く大きなウサギのぬいぐるみを地面に引きずるようにして抱いていた。

理玖は、ちらりと店内に眼をやった。

皓皓《こうこう》と明かりの灯《とも》る店の中には、買い物客の姿は見えず、男子高校生のアルバイト店員がひとり、レジのそばでだんごや大福を並べ直していた。

激しい雨に煙《けぶ》る表通りへ理玖は眼を戻した。雨足は依然《いぜん》弱まる気配がない。軀《からだ》の左半身に、彼は少女の視線を感じた。それを無視して、いよいよ雨の中に飛び出すと、川のような道路を派手に水しぶきを跳ね上げながら一目散《いちもくさん》に家まで走った。

数分で門の中へと駆け込み、正面玄関に続く石畳《いしだたみ》を半ばで右に折れ、姫林檎《ひめりんご》や柿《かき》の木の下をくぐって、雨に濡れる白い芙蓉《ふよう》の花の脇を離れへと走った。

軒先にかかった『シルバー・スミス』と英字で彫《ほ》られた松の木の看板のそばで一旦呼吸を整える。英字の下の『ＲＩＫＵ』の文字に無意識に触れ、それからドアを開けた。

「お帰りなさい」

ドアの上に付けられた金属棒が奏《かな》でる涼《すず》やかな音を聞きつけて、すぐ青年が出迎えに出て来た。

「凄かったでしょ、雨」

「ああ。まいったよ」

「宝石、なに入れることになったの？　ダイヤ？　ルビー？」

「ダイヤだ」

「ひょーっ、さすが芸能人の顧客《こきゃく》がいる店は違うね！　ねえねえ理玖さん、おれにもボーナス出るっ？」

「代金が全額振り込まれたらな」

「やったぁっ！」

「だから、代金が全額振り込まれてからの話だぞ」

「解ってますって。自営業者に『見込み消費』は禁物——でしょ？」

はい、と言って榎田《えのきだ》数馬《かずま》は、用意していたらしいバスタオルを差し出した。この齢《とし》にしては気がきく。理玖もまだ若いが、数馬は今年十九になったばかりだ。レザーとバイクとシルバー・ジュエリーが似合うようなワイルド・クールな男に憧《あこが》れている。本人曰《いわ》く『カウボーイ風に』髪を肩まで伸ばし、左の二の腕に入れた小さな十字架の刺青《いれずみ》が密かな自慢だ。あまり背が高くないことと、笑うと八重歯《やえば》がのぞくのを気にしている。

銀細工師である理玖の元へおしかけ同然に弟子入りして三ヶ月近くになる。

高校を出てすることもなくただ遊んでいたが、雑誌にも紹介されるような有名なシルバー・アクセサリーの店で、理玖のデザインによる重厚かつ繊細《せんさい》に彫り込まれたシルバー・ジュエリーと出会い、殴《なぐ》られるような衝撃を受けたのだという。

まだデザイナーとしては新人の理玖だが、作品は手がこんでいる分高価なものが多い。彫りの複雑なブレスレットやウォレット・チェーンの大物になると数十万はするものもある。宝石を組み込ませたセミ・オーダーの見本のリングを見に、毎日のようにショップに通いつめたと数馬は言った。そして、必死でバイトをして、黒革の組紐《くみひも》の先にぶらさがったユリの紋章のペンダントを買った。理玖の工房の製品の中では一番低価格で数も多く出回っている品だが、本人は片時《かたとき》も離さず身につけている。

まっすぐバスルームへ行って理玖はシャワーを浴びた。着替えをし、新しいタオルで頭をこすりながら缶《かん》ビールを手に机に向かう。

「理玖さん」

「なんだ」

「あのー、玄関に女の子がいるんだけど……」

戸惑《とまど》っている声を背中に、理玖は首に下げていたタオルで書類ケースの雫をもう一度丁《てい》寧《ねい》に拭《ふ》き取った。

「知ってる子?」

「いや。付いて来たんだ」

「理玖さんに? 駅から?」

「あそこのコンビニの前からだ」

「え、寄ったの、あそこ。いつも行きたがらないのに。あそこの前通って帰って来ても、うちに着いてからおれを煙草《たばこ》買いにやらすくせに」

「この雨で、しょうがなかった」

ビールをひと口飲んで、デザイン画と企画書を机に拡げた。染《し》みや滲《にじ》みがないかを調べる。

「お嬢ちゃん、名前は？　わー、びしょびしょだ」

少女の前にしゃがみ込んで数馬はやさしく問いかけた。

「名前はなんていうんだい？　いくつ？　お母さんと一緒だったの？　違う？　おうちはどのへんかなあ」

部屋の隅《すみ》のコピー機で理玖はさっそく企画書のコピーをとった。

「理玖さん、この子、なんにも言わないや。怖がってんのかな……あ、手がすげえ冷たくなってる。着替えさせた方がいいかなあ。でも子供服なんてないしなあ。理玖さん、この子お風呂に入れてやったら、おれ、ロリコン変態かなあ」

煙草を咥《くわ》えてコピーをとりながら理玖は苦笑を浮かべた。

「なに馬鹿なこと言ってる」

少女はおとなしく数馬に拭いてもらうままになっていた。

「ウサギさん、ちょっと横に置いとこうな。ん？　いやか。離すのいや。そっか。ま、いいか」

手を引いて数馬は少女をバスルームへ連れていき、脱衣所で濡れた髪の毛や顔を拭いてやった。

「理玖ちゃん、帰ったの？」

母屋《おもや》と通じる廊下《ろうか》のドアがノックされ、上品に沙《しゃ》の着物を着こなした叔母《おば》の苑子《そのこ》が、ケーキの皿をのせた盆《ぼん》を手に顔を出した。

「はい、ついさっき戻りました」

理玖は煙草を消した。彼の喫煙《きつえん》の習慣に叔母はいい顔をしない。

「心配してたのよ」

「大丈夫ですよ。仁《じん》の試合の録画のことは忘れてませんから。ちゃんと間に合うように戻って来たでしょう」

「そうじゃないわ。ビデオのことじゃなくて、さっきの夕立のことよ。間が悪かったわねえ。ほら、もうからっと上がってしまって」

見ると、庭に眩《まぶ》しい光が差していた。

「さっきの豪雨がうそのようにお日さまが照ってるわ。きっと虹《にじ》が出てるわね。みんなで外へ出て見てみないこと？　きっとすてきな虹よ」

弾《はず》むように言ってショート・ケーキをテーブルに置くと、理玖の濡れた髪に眼をとめ、椅子の背にかけられたタオルを手にした。

「あらあら、だめじゃないの。まだ濡れてるじゃないの。ちゃんと拭かないと」

「いや、これは、シャワーを浴びたから……」

「かぜでもひいたらどうするの。届かないから、もう少し屈《かが》んでちょうだい」

穏やかな物言いながら、着物の袖を振り回し、有無《うむ》を言わせぬ調子で理玖の頭をごしごしこする。理玖はおもはゆい表情で、言われた通りに頭を低く下げ、大きな子供のように頭を拭いてもらった。

「寒くない？　お湯に入って温まった方がいいんじゃなくて？」

「大丈夫です、おばさん。そんなにやわには出来てませんよ。ちょっと雨に濡れたくらいじゃ」

「でも、小学生の頃はしょっちゅうかぜで熱を出してたじゃないの。あなたは仁と違って人並みなんだから、注意するにこしたことはないのよ」

小学生の頃の話を持ち出されても……と苦笑しつつも、理玖は叔母の気遣《きづか》いを素直に受け入れ、黙って身を任せた。

理玖の母の茉子《まつこ》と、次女の苳子《とうこ》、そして末子《まつし》の苑子の三人は「沢木《さわき》の美人三姉妹」と言われ、この近所でも評判の姉妹だった。末娘が家を継ぐ沢木家の決まりに則《のっと》り、苑子が婿《むこ》養子をとった。齢の離れた妹だからと姉ふたりに可愛がられ、大切な跡取り娘だからと両親に大事にされ、少女の頃より家族すべての愛情を贅沢《ぜいたく》に注がれて育った彼女は、見合い結婚をした夫の人柄にも恵まれて、きょうまで苦労らしい苦労を知らずにきた。けれど、いくつになってもお嬢さまなその性格は、鼻につくというよりは憎《にく》めない。叔母の苳子が「あの子はね、間が抜けてるのよ」と評するように、確かに、そのほがらかさはややもすると笑いを誘う。

十六の時、理玖が両親を亡くした交通事故で、苑子も当時十四歳だった次女の涼子《りょうこ》を失った。けれど、人生の残酷さは彼女から微笑みを奪《うば》うことまでは出来なかった。

ようやく満足がいったのか、ひとしきり理玖の頭髪をかき回すと、苑子は部屋を見回して「数馬くんは？」と訊いた。

自分の名前を聞きつけて、数馬がひょっこりと顔を出した。

「なんスかぁー？」

「ショート・ケーキ、持って来たのよ。どうぞ食べて」

「ごっつぁんです！」

青年の威勢《いせい》のいい返答にころころと笑い声を上げる。

「ほんとに数馬くんは甘いものが好きね」

目先のケーキに釣《つ》られてソファに座ってしまった数馬は、脱衣所に置いてきた少女のことを思い出し、皿の数に眼をとめた。

「苑子さん、もう一切れあったら、追加してもらえないかなあ」

「いいですよ」

にこにこと笑いながら苑子は盆を手にした。

「数馬くんの胃袋を考えて、ちゃんと余分に買って来てありますからね」

「すンません——あ、苑子さん」

最初のひと口で早くも全体の半分を食べてしまった数馬は、いま思いついたというように苑子を呼び止めた。

「この近所に、小学校一年生か、二年生ぐらいの女の子って、いるかな」

「女の子？　そうねえ……山本《やまもと》さんのところのヒロミちゃんは、今年の春六年生になったし、松嶋《まつしま》さんちの清香《さやか》ちゃんは、たしか四年生だったんじゃないかしら」

考えながら、髪に刺した銀のかんざしになにげなく手をやる。今年の母の日に理玖が贈ったかんざしだ。

「裏の星《ほし》さんちは男の子だし……。でも、どうして？」

「迷子《まいご》の子とかいないかと思って」

「探偵《たんてい》ごっこでもしたいの？」

「いや、そうじゃなくて」

残りをさらにもうひと口で食べてしまうと数馬は上唇《うわくちびる》についたクリームを舌で舐《な》め取

った。

「ここにいるんだ。いま風呂に入ってる」

「まあ、迷子がここにいるの？　デパートではよく迷子が出るっていうけど。うちにも出たのね。なんだか会うのが愉《たの》しみだわ」

両手のひらを軀の前で合わせ、彼女は瞳を輝《かがや》かせた。

「じゃあ、押井《おしい》さんに電話して訊いてみるわ。いま夏休みだから、どこかの家の親戚《しんせき》の子がこっちへ遊びに来て、知らない土地で迷子になったかも知れないですものね。あの人、どこのお宅にいつ誰が来たのかっていうことに、とっても詳しいから」

盆を胸許に抱えると、わくわくした様子で母屋へ戻っていった。

「なんかさー、苑子さんて、おばさんなのにカワイイよなあ。同じ『おばさん』でも、うちのかーちゃんとは段違い平行棒だよ」

「お母さんに会いたくなったか？」

「え？」

数馬は思いがけないことを訊かれたというように理玖の方を見た。椅子に座って作業を続けながら理玖は重ねて訊いた。

「もう三ヶ月、会ってないんだろう？　そろそろ顔を見に帰りたくならないか？」

「べェーつにィ。齢くったブスなおばハンの顔なんか、わざわざ見に帰るほどのもんじゃないっしょ。なんで？　理玖さん、おれがここにいると邪魔なの？」

表情に不安げな色を滲ませて数馬は尋ねた。

「それ、迷惑ってことかい？」

「迷惑じゃないさ」

「ほんと？　おれ、マジで弟子になりたいんだ。ちゃんと修業するし、ちゃんと――」

言いかけて、途中で言葉が途切《とぎ》れた。昼の端にクリームをつけた顔で、数馬は、バスルームから歩いて来た少女がひと言もしゃべらずに自分の隣に座るまでを見つめた。

「――ああ、ごめんな。服、ひとりで脱げなかったのか？」

少女の濡れたワンピースが布張りのソファに染みを作る。

「寒いだろう。かわいそうに」

ひざまずいて、数馬はその濡れた洋服を脱がせてやろうとした。それに対し、椅子に座ったままで理玖は、初めてまともに眼を向けた。

「かまうな。知らん顔をしてろ」

怪訝《けげん》な顔で数馬は振り返った。

「なんでです？　理玖さんらしくもないセリフだな。こんな小さい子に。かわいそうじゃないスか」

理玖は無表情に煙草を吸いながら言った。

「あまり同情するんじゃない。親切にしてやったり、気の毒がったりしてると、離れなくなるぞ」

「離れなく……って？」

「その子は死霊だ。生きてはいない」

数馬は軽く笑い飛ばそうとした。

「なに言って……そんな馬鹿なことが――」

だが、その時、少女の顔の様子に気がついた。その白い小さな顔は、さっき拭いてやったばかりだというのに、またぐっしょりと濡れそぼっていた。

悲鳴とともに数馬は背後に腰を落とした。そのまま尻と手を使って、あわあわとあとずさる。

「死ん、死ん、死んでるってェッ…!?」

「だから、天気の悪い日や夜のコンビニはきらいなんだ。皓皓とした明るさにひかれて、霊が集まってくる」

数馬の動転をよそに理玖は平然と煙草をふかし、恬淡《てんたん》と霊を眺《なが》めた。

「おれは昔から、こういうのを引き付ける体質らしい」

「む、む、昔から…？」

「やっぱり虹が出てたわ。居間の窓からちょうど端っこが見えるの」

雷雨一変、ぎらぎらと照りつける日差しに眼を細めながら、苑子が戻って来た。床にへたり込んでいる数馬に気がつき、微笑みかける。

「あら、どうしたの数馬くん。床に寝転んだりして」

そして持って来た追加のケーキをテーブルに置くと、ソファに腰を下ろした。無言で座っている少女のすぐ隣に。

ショックに見開いていた眼をさらに見開き、数馬はその様子を無言で凝視《ぎょうし》した。

「なに？　床板《ゆかいた》の方が涼しいから？　子供の頃飼っていた犬がそうだったわ。暑い日はいつも、ぺたんと床に腹這《はらば》いになって。ペスって名前で、とても利口《りこう》な犬だったのよ」

屈託《くったく》ない苑子の笑顔から数馬は視線をそらし、すがるように理玖に眼をやった。

「あ、そうそう。押井さんね。やっぱりこのご近所に小学校に入ったばかりのような女の子はいないって言っていたわ。ただ、三丁目の杉本《すぎもと》さんっていう方のところへ、関西から孫の女の子が遊びに来ていたらしいんだけど、おととい、いっとき行方《ゆくえ》知れずになって、数時間後に見つかった時は、もうだいぶ長いこと使っていない裏庭の古井戸に落ちて亡くなってたんですって。お付き合いがないから、全然知らなかったわ。お父さんもご存じないでしょうし、帰られたらさっそく教えてあげなくちゃ。その夜のうちに親御《おやご》さんが上京してらしてね、大好きだったウサギのぬいぐるみを一緒にお棺《かん》に入れてあげたとか。お葬式のあいだ中、どうして蓋《ふた》がずれていたのかと、ずうっと嘆《なげ》き通しで、それはもう、お気の毒で見ていられなかったそうよ。まだ小さいのに、かわいそうにねえ」

しみじみと詠嘆《えいたん》する苑子から離れた床の上で、数馬は凍りついている。

「へえ、そんなことがあったんだ」

叔母が人の顔色を読むのに鈍《どん》なのをいいことに理玖は素知《そし》らぬ顔で相槌《あいづち》を打った。

「それで、お骨《こつ》はどうしたんですか」

「ご両親がご自宅へ連れて帰られたでしょう、きっと。夏休みに入ったばかりで、海へも山へも、いろいろと愉しいことが待ってたでしょうに。ほんとにねえ。人の運命って、解らないものねえ」

理玖は壁の時計に眼を向けた。

「そろそろ放映時間だな。おばさんテープは用意してあるの？」

「踊りの発表会の時のテープ、あれもういらないから、それに重ねて録ってもらえるかしら」

立ち上がった苑子は、そわそわしはじめた。

「さっきの雨のせいで、試合が中止になったりしない？　凄《すご》い雨の量だったじゃない」

「きょう放映になるやつは、生中継じゃないですから、関係ないです」

「そうだったわね。それに、ラグビーはどんなに泥んこのグランドでも、平気で試合するのよね。仁が高校生の時のユニフォームも、汚れていない期間の方が短かったわ」

ふたりが連れ立って母屋へ行こうとするのを見て、まだ非現実的現実を受け入れられずに、床で腰を抜かしたまままいた数馬が、切羽《せっぱ》つまったような声を上げた。

「――理玖さんっ…」

「なんだ？」

「おれも行っていいっ？」

この子とふたりだけにしないでくれ……と、顔で必死に語っていた。

「来るのはいいが、ついてくるぞ、たぶん。結局同じだろ」

「いいよ、それでも、ひとりよりいいっ」

急いで立ち上がろうとして、だが若者はその場所から動けなかった。

「……理玖さぁん、腰が抜けて、起き上がれない……」

「じゃあ、そこにいろ。どうせおれもビデオをセットしたら、すぐ戻って来るから」

「理玖さんっ…！」

「なんなんだ」

「ついてかないようなんですがっ……」

焦る声が解説する通り、少女は身じろぎもせず座っている。まるで置き物か人形のようだ。

「おれにというより、この家に落ち着いたみたいだな。大丈夫だ。なにもしやしない。ケーキは食べないと思うから、おまえが食べて待ってろ」

「……ケーキなんて、それどころじゃないよ、おれっ」

泣き言を聞き流して廊下に出ると、不思議そうに叔母が尋ねた。

「なにを話してたの、あなたたち」

「見てた通りですよ。一緒に付いて行きたいけど腰が抜けて立ち上がれない——と、彼は言ってたわけです」

「ああ、なるほどね」

素直に納得して、そう言えばと小首《こくび》を傾《かし》げる。

「どうして腰なんて抜かしたの？」

「なんででしょうね。変な奴だ」

雨が上がり、うだるような暑さが甦《よみがえ》った庭の松の木で、蟬《せみ》が激しく鳴いていた。

居間のテーブルやサイドボードの上や、窓辺の花台に、庭から切り取られた芙蓉がふんだんに生けられている。大輪《たいりん》の白い花の中心部が鮮《あざ》やかな紅《べに》色をした、盧山《ろざん》芙蓉。家の中は、一年中花が絶やされることがない。しゃくなげ、ライラック、むくげ、クレマチス。美しいものは幸せに通じる、とする叔母の信念のような確信が、四季折々の花の香りや、お菓子の甘い匂いや笑い声といったもので、この家をやさしく包み込んでいる。

十五分後に作動するよう予約タイマーをセットしている傍《かたわ》らで、苑子は正座してテレビに向き合っていた。

「ずっとそうして待っているつもり?」

理玖が苦笑すると、少し恥ずかしそうに苑子は座布団《ざぶとん》の端をつまんだ。

「だって、待ちきれないんですもの。あの子ったら、全然家に帰って来ないし、なかなか会えないから、久々に顔を見ると思うと、なんだか緊張しちゃう。へんね、自分の息子なのに。去年の大学選手権はあと少しっていうところでだめだったから、今年は頑張ってほしいわ」

去年の息子の悔《くや》しさが我がことのように身にしみるといった様子で、きゅっと眉をしかめた。

「それに、優勝すれば、卒業して社会人のチームに入る時にも有利になるんでしょう? でも、あの子、ほんとにそんな会社に入れるのかしら。勉強もあまりしてなさそうだし、ラグビーの才能だけで就職なんて、本当に出来ると思う? 大丈夫かしら」

「仁なら心配ないですよ。去年も最優秀選手に選ばれたし」

「どこの会社に入りたいとか、理玖ちゃん聞いてる?」

「いいえ」

「なんにも?」

「ええ」

「あらそう。私、理玖ちゃんには話してるかと思ったわ。理玖ちゃんからこっそり教えてもらおうと思ってたのに、残念だわあ。あの子、昔から無口で、まして母親とは口をきくのも億劫《おっくう》だ、みたいな子だったけど、理玖ちゃんとはなんでもよく話してたから」

十七を境に、理玖が仁とは口をきかなくなったことを叔母は知らない。

最後に話しかけられたのは、高校の卒業式の日だ。

ラグビー部の友人を待たせて、校舎のそばで理玖に声をかけてきた。ほぼ一年ぶりに自分の名を呼ばれ、理玖はまるできょうの叔母のように緊張し、大股《おおまた》に近づいて来る仁を強《こわ》張《ば》った顔で睨《にら》みつけた。

「もう家には帰らないから安心しろ」

ぶっきらぼうに仁は言った。

「二度とおまえの前には顔を見せないから、心配するな」

一方的にそれだけ告げて、戻っていった。

「これでよし。あとは時間が来たら、勝手にテープが回りますから」

「録画しながら、同じ番組も同時に見られるのよね」

「ええ、見られます」

リモコンを置いて理玖が立ち上がろうとすると、

「あら、一緒に見ていかないの？」

とさみしそうに呼び止めた。

「急ぎの仕事がちょっとあって」

自由業の利点は、こうした言い訳が使えるところだ。

「じゃあ、夜、お父さんが帰って来てから、三人で見ましょうね」

「はい……」

曖昧《あいまい》に頷いては見せたものの、二度目はどんな口実《こうじつ》で逃《のが》れようかと内心思案していた。

叔母とは違い、やはり叔父は、自分の態度になんらかの不自然さを感じるだろうか。そう思うと、口実を使うのも気がめいる。

彼は、たとえテレビの中でさえ、仁の姿を見たくなかった。

真実を言えれば、問題はないのだが。だが、それはまた、別な意味で争議の種になるだろう。

「理玖ちゃん」

「はい?」

呼ばれてなんの気なしに顔を上げると、苑子はテレビに向けていた座布団の正面を理玖に向け、襟《えり》を正した。

「理玖ちゃん――もうとっくにうちの息子も同然のあなたにこんなことを言うのはおかしく聞こえるかもしれないけれど、けじめをつけるためにも、籍《せき》を移してもらえないかしら。

養子になって、沢木の家を継いでもらいたいの」

「継ぐって……だって、仁がいるじゃあないですか」

「仁は、大学を卒業しても、もう家には帰って来そうにないわ。この四年間だって、一度も帰って来やしなかったのよ。どのみち、あの子はいつかは手許から離れていく子だと思っていたから、それはいいんだけど、涼子が亡くなってしまって、これでほんとに子供たちが誰もそばにいなくなるんだなってことが、最近ひしひしと身にしみるの。心細くてたまらないの。このまま理玖ちゃんがずっとそばにいてくれたら、どんなに嬉しいかしら。この家と土地を相続して、私たち夫婦と、ずっと一緒に暮らしてくれない？」

「相続は、仁にさせて下さい。でも、おばさんたちの老後は、出来るだけ、ぼくに面倒みさせて下さい」

いつかこう答える日が来ることを予期していたような落ち着いた態度で、理玖は答えた。

「二年前に、離れを建ててもらった時から、そのつもりでした。引きとって養育して下さったこと、ただでさえありがたいと思っています。それなのに、その上いろいろとしてもらって……。なぜぼくが、おばさんおじさんのご恩に報《むく》いられずにおられましょうか」

「離れのことはいいのよ。そういうつもりでしたんじゃないの」

愕いたように苑子は強く首を振った。

「あなたのために力になってあげたかっただけなんだから。私たちはあなたの親代わりなんだから、力を貸したり、援助したりするのは当たり前。仁となにもかも同じようにしてあげたいと願うのが、親心というものでしょう。あなたは自分の意志で専門学校に進んだから、大学に進学した仁との二年分の学費の差額、それがあの離れだと考えてちょうだい。少しも恩にきることなんかないのよ。だいたい、私たちの方があなたになにかしてあげたくてたまらないの。頼ったり、もっと甘えたりしてほしいの。だって、仁のすることを考えてもみてちょうだい。あの子は、なにもかもひとりで決めてしまう。高校の卒業式の翌日には、さっさとアパートを決めて、家を出ていってしまう。奨学金《しょうがくきん》とバイトでやりくり出来るから仕送りもいらないと断る。相談は一切なし。親には事後報告だけ。就職もどうするつもりなのか、またひとりでなんとかするつもりらしいし。仁は、私たちがなにもしてやりようがない子供なのよ。おじさんは、あの子はあれでいいんだと言うけれど、私なんかは、逆にそれが心配でたまらない……。だから、仁に手間がかけられない分、理玖ちゃんには、勝手だけど、いろいろ面倒をみさせてほしいの。それに、才能があるんだから、出来る範囲で応援させてもらいたい。それが、亡くなった茉子姉さんとあなたのお父さんに対する供養《くよう》になると信じてるし、もし涼子が生きていたら、私は同じことをしてあげただろうと思うの。涼子にしてあげたかったことは、全部あなたにもしてあげたい」

「ぼくが死ななかったばっかりに……」

やはり、という気持ちで理玖は苦渋《くじゅう》に満ちた呟きをこぼした。

やはり、自分には、涼子の身代わりの人生がふさわしい。いや、それしかない。

「本当に申し訳ありません。ぼくが両親と一緒に行くのをいやがったばかりに、代わりに涼子ちゃんが行く羽目になってしまって。涼子ちゃんはぼくの身代わりに死んだようなものです」

「なにを言うの。それは違うと、前にも話したでしょう」

慌てて苑子は、きれいな指をした甥《おい》の手を取った。両手に包むように握りしめ、さらにそのままぐっと力を込めた。

「人はみんな、知らない運命の道を、それぞれひとりずつ歩いているものであって、それは、あの時誰かがどうしていれば、とか、あれさえしなければよかったとか、そういう後悔の働く余地のけしてない、人間の知恵などではどうしようも出来ないものなのよ。涼子は、あなたの身代わりで死んだわけじゃ、絶対にないわ」

理玖は苑子に片手をあずけたまま、うなだれて小さく首を振った。

「ぼくが車に乗っていれば、涼子ちゃんは死ななかった」

毎年恒例《こうれい》の家族旅行だった。

沢木家の三姉妹の家族全部、茉子《まつこ》、鴒司《れいじ》夫婦と息子の理玖、苳子《とうこ》夫婦と子供の渚《なぎさ》と渉《わたる》、そして苑子夫婦と仁と涼子、総勢十一人の、毎年の一族大移動。その夏の目的地は、沖縄《おきなわ》の伊江島《いえじま》だった。

それぞれの家族単位で車に分乗し、一旦本家の家に集合してから、一路《いちろ》空港へと向かう予定だった。

しかし、理玖は当日になって理由のない悪心に襲《おそ》われ、どうしても、旅行に行くのをいやがった。しかたなく両親は彼をひとり家に残して、本家に向かった。日頃から社交的で話好きな少女だった涼子は、夫婦だけでは道中つまらなかろうと気を配り、唯一子供の乗っていない茉子夫婦の車に自分から進んで乗り込んだ。

空港手前で、分離帯を越えて反対車線に飛び込んできた十トン・トラックが、最高尾を走っていた茉子夫婦の車を折り紙のように潰した。

「ぼくが死んでいれば、涼子ちゃんはいまも元気で、この夏も浴衣《ゆかた》姿で、その縁側に座って「暑い暑い」と笑ってたはずだ……」

苑子は、摑んだ理玖の手の甲をぱしんぱしんと、小さく、繰り返しぶった。

「理玖ちゃんが亡くなってたら、私が悲しくなかったとでもいいたいのっ……家族の誰も、欠けてほしくなんかない、茉子姉さんも、鴿司さんも、涼子も、あなたも…っ」

何度も何度も甲を叩き続けながら、涙を流した。

「……痛いよ、おばさん」

呟いて理玖はティッシュ・ペーパーの箱を、そっと差し出した。苑子は猛烈《もうれつ》な勢いで五枚も十枚も紙を引き出すと、くしゃくしゃにしたそれで涙を拭き、鼻をかみ、そしてまた

　突然そう宣言し、すっくと立ち上がった。財布《さいふ》を手に、鼻をすりながら部屋を出ていく後ろ姿を、涙こそ流れていないが間違いなく同等の切《せつ》ない瞳で理玖は黙って見送った。

　自然と溜息が洩れた。

　こんな展開を望んでいたわけではない。胸の奥深くに秘めた辛さを叔母に吐露《とろ》させようとしたわけではない。吐露したところでかえって苦しいだけなのは、同じ辛さを胸に抱えている自分が一番よく解っている。ただ、叔母の望む通りにすると、そう伝えたいだけだったのに。養子でもなんでも、望む形で、そばにいてあげたいと思っているのに。

　若さの持つ未熟《みじゅく》さを痛感しながら、理玖はポケットから煙草を取り出し、火をつけた。叔母に顔をしかめられなくても、自分でもよくない習慣だと思っていたが、なかなかやめきれない。

　初めて吸ったのは、両親と涼子の葬式がすんだその夜だ。

　沢木の本家は、夜がふけても親類縁者でいっぱいだった。誰とも顔を合わせていたくなくて、理玖は屋根に登って、台所のテーブルの上から失敬《しっけい》してきた煙草を咥えた。

　月のない暗い夜空を見ながら震《ふる》える指で煙草を吸っていると、いつ上がって来たのか、少し離れた場所に仁が腰を下ろした。

振り向いてその顔を見やったが、仁は理玖には眼もくれず、まっすぐ前方を見ていた。夏休み中の八月、夜も遅いのに、仁も自分も学生服姿なのは、ふたりともそれが喪服《もふく》だからだった。

「そんなもの、吸うな」

同じ齢のいとこは無愛想にそう言った。

「……おれはおまえと違ってスポーツマンじゃないし」

理玖は笑ったつもりだった。だが、震える指と同様、唇はぶざまに少し引き攣《つ》っただけだった。暗闇《くらやみ》のためにそれを仁に見られないことを彼は感謝した。

「マンションに帰るって言い張ってんだってな。うちへ来い。それが一番いい」

「ずっと住むなんて言ってないよ。家族のいなくなったマンションにひとりで住み続けるなんて、おれだってごめんだ。だいいち、あそこは賃貸《ちんたい》だし。今月いっぱいは、でもまだいられるんだ。ほかに引き取り手が名乗り出てくれるまでと思ってさ。どうやら、おれってけっこう引く手あまたらしいし」

「うちに来ればいいだろうが。なんでほかの家がいいんだ」

「解ってないな」

ゆっくりと理玖は煙を吐き出した。

「そうじゃないんだ。この家がいやなんだ」

「なんだと？　どうしてだ。おまえ、ちっちゃい頃から、いつだって喜んで泊まりに来てただろうが」

「下に、涼子ちゃんがいるんだ」

口をつぐんで仁は説明を求めるように理玖を見た。

いとこの強い視線を横顔に感じながら、理玖は震える指で髪をかき上げた。

「お通夜《つや》の時からずっといる。和尚《おしょう》さんがお経《きょう》を読んでるあいだも、部屋の隅に座ってた。人が少なくなったのを見計らって、おれ、謝ったんだ。ごめんよ、って。おれの代わりに死なせてしまってごめんよ、って。でも、なにも言ってくれないんだよ。ただじっと座って、おれを見てるんだ……」

仁は、一笑《いっしょう》に付《ふ》しもせず、勘違《かんちが》いだろうと決めつけもせずに、なにか古い記憶を呼び覚まされたような顔で理玖をぼんやりと見つめていた。

「おまえは、涼子の幽霊を見たって、言ってるのか…？」

「あれが何であるかなんて、おれは言ってない」

強い口調で返し、火のついた煙草を投げ捨てて理玖は両手に頭を埋《うず》めた。屋根瓦《がわら》に当たった煙草は闇に赤い火花を散らし、吸い込まれるように下へ転がり落ちていった。

頭を抱えた指の震えが治まらない。これまでも、形の解らない奇妙なものや、物陰でもぞもぞと蠢《うごめ》く黒い影を眼にしたことはあったが、これほどはっきりと人の形に見えたのは初めてといってよかった。

怖い。

怖くて、震えが止まらない。

「ばあさんがまだ生きてた時、ばあさんの父親の姉妹に、死霊を見る娘がいたっていう話を聞いたことがある」

乾いた声で仁が言った。

「おまえの名前、ばあさんが付けたんだったよな……」

理玖は顔を上げた。

「見たのは涼子だけか？　おじさんやおばさんは？」

静かに首を振って理玖は、夏の暗闇に呟いた。

「おれを怨《うら》んでるんだ、きっと……。おれのせいで死んだから、だからおれの前に出て来たんだ……」

「おまえのせいなもんか。事故は単なる偶然だ」

また理玖が沈黙に閉じこもると、仁は確固とした口調で言った。

「おまえを助けてやりたいが、おれにはなにもしてやれない。おまえを怖がらせているものを、消し去ってやることも出来ない。だが、それがおまえになにかしようとしたら、おれがやめるよう言ってやる。おまえにちょっかい出すんじゃないと、はっきり言い渡してやる。もし、そいつがおれの言うことを聞かないようなら、それはおれの妹じゃない」

涼子は兄が自慢だった。

スポーツ万能で、背が高くて、無口だけれど笑うときれいな白い歯がこぼれる、妹にやさしい兄。これがあたしのお兄ちゃんよと、見せびらかすように、いつも腕を組んで歩いた。

「だから、うちへ来い。何者もおまえに悪さなんか出来ないように、これからずっと、おれがそばで睨みをきかせていてやるから」

屋根の上に立ち上がり、仁は理玖に手を伸ばした。

おずおずと差し出された手を摑み、そのまま手をつなぎあって、屋根から下りた。仁に握られた理玖の手は、もう震えてはいなかった。

葬式の日を最後に、涼子は二度と現われなかった。引っ越しを終え、転校し、納骨《のうこつ》をすませ、三回忌を迎えても、もうその姿を理玖の前に現わすことはなかった。

叔母も叔父も、仁と理玖も、痛みや辛さは胸の奥の引き出しにしまい込み、沢木の家はまたなにげない日常を取り戻した。

帰宅の遅い商社勤めの夫や、球を取り合う部活で忙しい息子が、自分のファンタジーの世界に付き合ってくれないことに寂《さび》しさを感じていた叔母は、自分と共通の、想像の世界を遊べる資質を持った新しい息子の登場に、小躍《こおど》りした。

手先の器用な理玖が、庭の花でコサージュを作ってプレゼントすると、誇らしげにそれを和服の胸に飾って隣近所の家を訪《おとず》れ、理玖は天才だと自慢して回って、理玖を恥ずかしくてしばらくは顔を上げて表を歩けないようにさせた。

仁は妹の使っていた部屋に移り、自分の部屋を理玖に譲《ゆず》った。それまでも仲のいいいとこ同士だった彼らは、通学先も住まいも一緒になって、一層《いっそう》親密の度を深め、兄弟のように時をすごした。

夜、机に向かっている理玖の部屋へ仁がやって来て、若者らしいとりとめのない話や、希望と不安の入り混じる将来についてのことを、遅くまで語りあった。ずっとラグビーを続ける意志の揺るぎない仁に、理玖は、宝飾《ほうしょく》デザインに興味があることを、まだ内緒だと言って、打ち明けた。夜中まで話し込んで、そのままひとつ布団で眠ってしまうことも珍しくはなかった。

信頼と好意が紙くずのように反故《ほご》にされたのは、高校二年の冬のことだった。

その深夜、すでに眠っていた理玖の部屋に仁が入って来た。布団のはがれる気配に眼を覚ました理玖は、傍らにそっと滑り込んでくる固い軀の感触と、なじみの肌の匂いに、暗闇の中でそれが誰かを感じとり、なにか大事な話でもあるのだろうかと眠い眼をこすった。昼が塞《ふさ》がれ、その時もまだ、びっくりはしたものの、彼の思考力の大部分は眠ったままだった。

ぼやぼやしているうちにパジャマをむしり取られた。両足を大きく開かされ、信じられない恥ずかしい姿勢をとらされて腰を抱えられる。なにかの液体が使われたと知ったのは、あとになってからだ。その時は、注意力も半端《はんぱ》な想像力も、手の届かないかなたに消し飛んでしまって、頭の中はからっぽだった。感じていたのは、驚愕《きょうがく》と恐慌《きょうこう》のみ。

無理態に挿入《そうにゅう》され、犯された。悲鳴《ひめい》をあげる前に手で口許を押さえられ、がっしりとシーツに固定されたまま突き上げられた。最初から最後まで、理玖はなにひとつ為《な》す術《すべ》なく、仁の力に翻弄《ほんろう》された。自分の中に入っている熱くて固いものがなにか、考えるまでもなくそれは明らかだったが、それでも信じがたかった。どうして仁にこんな目に遭《あ》わされるのか、そればかりが脳裡《のうり》をぐるぐる回る。

無言のままの仁にただ揺すられ、突かれ、そのまま射精された。荒々しい息をついている男は、理玖の口許を覆《おお》っていた手をようやくどけ、嚙《か》みつくように口づけた。

うす闇の中で仁は獣《けもの》に似た荒い息を吐きながら起き上がると、なにも言わずにそのまま出て行こうとした。

「――待てよ……」

呼び止めた声に足は止めたものの、振り返る気配はなかった。

「なんの真似だよ……これはなんなんだよ……」

黒い背中はなにも答えなかった。そして無言のまま部屋を出ていった。

「仁っ……！」

怒りを込めた理玖の声も彼を振り返らせる力はなかった。

だが、その後も仁はたびたび理玖の部屋へ忍んで来た。

問い質《ただ》し、なじり、激怒しても、仁は固く口を閉ざして、ひと言の弁明も発しなかった。理玖が抗《あらが》っても、罵倒《ばとう》しても、黙ったまま、ただじっと、火を吹くような激しいまなざしで理玖を睨む。怒りをぶつけたいのは理玖の方なのに、まるで憎《にく》んででもいるかのような激しい眼で睨み返される。

いざ摑み合いになると体格と力の差はいかんともしがたく、特に叔母夫婦に悟《さと》られることを恐れる理玖の抵抗は、仁の前にますます無力だった。

内鍵を買ってきてドアに付けても、力ずくであっさりと壊される。ある朝叔母に、「男の子がふたりもいると、さすがににぎやかね」と微笑まれ、背筋がひやりとした。それっきり鍵を付けるのはやめた。

苦痛と屈辱《くつじょく》の日々は永遠に続くかと思われた。仁に対する憎悪の気持ちは強まりこそすれ薄れることはなかったが、回数を重ねるごとに行為に慣れていく自分の軀が口惜《くちお》しかった。

いったいいつまでこの状態が続くのだろうかと、暗澹《あんたん》たる思いでいた理玖は、卒業と同時にこの家を出ようと、ある時決意を固めた。住み込みの働き口を探すか、住む場所が見

つからなかったら、野宿でもかまわない。仁に関係を強制されるいまの状態よりははるかにましに思えた。

しかし、思いつめていた理玖に、卒業式当日、久しぶりに仁が向こうから話しかけてきた。

「もう二度とおまえの前には現われないから、心配するな」

以来、約束は守られている。きょうまで四年間、仁は間違っても理玖の前に姿を現わすようなことはなかった。

煙草を吸いながら離れに戻った理玖は、手前の廊下で壁と平行にだらりと腹這いになって、ナメクジのように横たわっている数馬を発見した。

「……なにしてるんだ、おまえ」

へへへ、と青年はごまかし笑いを浮かべた。

「床板で涼んでるっス。犬と同じっス」

あきれて首を振りながら先に立って歩く理玖のあとを、腰の抜けたままの数馬は匍匐前《ほふくぜん》進《しん》でついていった。

外では、蟬しぐれがやかましいほどに鳴り響いていた。

「あの子、まだいる？」

おびえたように数馬は隣の部屋へと首を伸ばした。

「ああ。いるみたいだ」

離れは、十畳ほどの広さの部屋がふたつと、バスルームがあり、それに電気コンロの簡単な台所設備が付いている。部屋の一方は理玖の寝室と居間をかねた居室で、もうひと部屋は工房だ。居候《いそうろう》の数馬は工房の隅に寝袋を敷いて寝泊まりしている。見かねた苑子が、母屋に部屋が空いているからそこを使いなさいと何度も勧めるのだが、どこででも寝られるからとまるで気にせず、三ヶ月間ずっと寝袋暮らしだ。

「おれ、幽霊見たの初めてだ。理玖さんは、ああいうのよく見るの？」

「しょっちゅうじゃないがな」

工房の作業机に座り、作業途中のリング用チューブ・ワックスを手に取った理玖は、ノコギリで不用部分を切り落とし、ヤスリをかけた。

「怖くない？」

「いまはもう、それほど怖いとは思わなくなった。気味は悪いが」

ふうん、と数馬は呟き、自分の寝袋に這っていって、ごろんと仰向《あおむ》けになった。

「やっぱり墓場って、幽霊がいっぱいいンの？」

「そう思うだろうが、墓地は想像するほどには不気味じゃないよ。たいていは静かで、誰もいない。いやなのは病院だな。始終なにかしゃべっている声が聞こえたり、服を引っ張られたり、とんとんと肩を叩かれたりする」

ぞぞっ、と数馬は身を震わせ、ワックスをリューターで彫り込みはじめた理玖を床から見上げた。

「でも、苑子さんには全然見えてないんだね。理玖さんの親戚だし、ちょっと変わってるとこある人だから、それって意外だ——親戚っていえば、理玖さんの名字も沢木だけど、理玖さんって、苑子さんのお姉さんの子供じゃなかったっけ。お嫁《よめ》にいったら普通、名前変わんない？」

「おれの父は、沢木の分家の出なんだ。元々、ここの家の血筋なんだよ」

リューターの刃を細かいものに代え、理玖は繊細な彫りを入れていった。

「ほら、いいからここへ来て、おれの手許を見てろ。弟子なんじゃなかったのか。職人は、見て技術を盗むもんだぞ」

「だって、きょうは腰が痛くて、椅子に座れないもん」

「しょうがないやつだなあ」

「へへ」

頬杖《ほおづえ》を突いた寝袋の上で、数馬は甘えるような照れ笑いを浮かべた。

「気味わりーぃ…っ」

夜十時を回ってから、叔父の弘三《こうぞう》が帰って来た。待ちかねていた苑子は、着替えを手伝うとひと足先に戻ってきて、息子の試合のビデオ・テープを用意し、夫が来るのをいまかいまかと待っていたが、これがなかなか戻って来ない。

「理玖ちゃん、早く早くって、おじさん連れて来てちょうだい」

怒り泣きの顔で苑子に頼まれた理玖は、居間のソファから腰を上げて、叔父を呼びにいった。

計らずして生じてしまった苑子とのあいだの気まずい雰囲気は、夕食前に解消されていた。

ぎこちない空気を改善する方便を、いろいろと考えながら理玖が台所へいくと、割烹着《かっぽうぎ》姿の叔母が彼の前に立ち塞がった。上目遣《うわめづか》いに、いくぶん唇をとがらせ気味に理玖を見つめ、それから苑子は、唐突《とうとつ》にぬっと片手を差し出した。

「仲直り」

どこか照れ臭そうに、つないだ理玖の手をぶんぶんと振り回した。

まいったな、と理玖は昏から思わず苦笑いをこぼした。頭で考えるような気遣いなど、出る幕ではなかった。童女《どうじょ》に似た苑子の直観的行動にはとてもかなわない。

叔父は書斎にいた。調べものなのか、立ったまま、分厚い本をくっていた。

開いているドアを理玖は軽くノックした。

「おじさん」

顔を上げた相手に、理玖は仲間うちの笑みを向けた。

「おばさんが痺《しび》れをきらしてますよ」

同じく仲間にだけ解る類《たぐい》の笑みを浮かべた弘三は、本を閉じて、書棚に戻した。

「試合といったって、録画だろ。しかもあれのことだ、正座でもして、すでに一度は見たんだろう」

その通りだった。

「きみも付き合わされたのか？」

「ぼくは逃げました」

「賢明《けんめい》だ。苑子イズムに取り込まれないコツは、逃げるにかぎる」

的確な指摘に笑顔で同意を示して、居間に戻ろうとした理玖を、弘三が呼び止めた。

「理玖くん」

「はい」

弘三は眼鏡を外すと、布で丁寧にレンズを拭いた。

「さっき苑子からちょっと聞いたんだが、きょう、妙な話をして、きみを困らせたらしいな」

「そのことでしたら……別にぼくは、困ったりなんて」

「申し訳ない」

いきなり弘三は詫《わ》びの言葉を口した。

「おじさん」

「苑子が正確にどんな言葉を使ったのかは知らないが、私は、自分たちの老後をきみに背《せ》負《お》わせようとは思っていない。そんなつもりは毛頭《もうとう》ない。きみはきみの人生を生きなさい。こうしてきみが無事成人するまで力を貸せただけで、私たちは満足だ。自己満足にすぎないかもしれないが、それでいいと思っている。少なくとも、亡くなったきみの両親には顔向け出来る。将来、この家を出ていきたいと思う時が来たら、いつでも出ていっていいんだよ。私たちに気を遣わず、好きなようにしなさい。ただ、ひとつだけ頼みをきいてくれないか。苑子のために、たまにでいいから、元気な顔を見せに帰って来てやってくれ。そして、安心させてやってほしい」

「おじさん……」

「籍については、実をいうと、将来きみがつまらない就職差別を味わったり、不愉快な体験をしないかと思って、昔、一度は考えてみたことがあるんだ。なにしろこの国は、ひとり暮らしの女性を、家族と同居していないという理由で入社試験ではねるような、まだまだそんな、家意識の強い社会だからね。でもまあ、きみは女性ではないし、なにより、組こ織に所属する道ではなくて、自分の才能で仕事をしていく道へ進んだ。そんなきみに、ここでいまごろ、きみが望むのならともかく私たちの方からそういう話を持ちかけるのはどうかと、私個人は思っている。きみはどうだ。戸籍のことで、いまなにか不都合を覚えることはあるか」

「いえ、まったくないですよ。それに、これからもないと思います」

うん、と弘三は頷き、眼鏡をかけ直した。

「この先なにか考えられるとしたら、結婚の時だろうね。だが、そんなことが差しさわりになるような相手は、最初からやめておいた方が無難《ぶなん》だよ。苑子は、保証人と戸籍の筆頭者を、同一のものと思い込んでるんだろう。理玖くん、叔母さんのセンチメンタリズムにほだされる必要はないよ」

「でも、ぼくはありがたいと思ってます。ほんとに。ぼくでよければ、いつまでもこの家で、おばさんの茶飲み友だちを務《つと》めさせてもらいますよ」

「仁のやつが家に寄りつかないもんだから、その分きみに過剰《かじょう》な負担がかかって、気の毒になあ。どっちかがちゃっかりしているのは、古今東西《ここんとうざい》、兄弟の常だがね」

ふたりで居間へ戻ると、映画館にポップコーンならぬ、ビデオに西瓜を用意して待っていた叔母に遅いとなじられた。

「理玖ちゃん、ミイラ取りがミイラになっちゃったらだめじゃないの」

「昔、人間のミイラを砕《くだ》いて薬として飲んでたというが、世界で一番最初にそれを飲んだヨーロッパ人というのは、いったいどういう心地だったんだろうな」

「またお父さんはすぐそうやって話をそらそうとする」

「それって、ほかにもよく言いますよね。ナマコを最初に食べた人間は偉い、とかって」

「そうそう」

「いいからふたりとも、そこに座りなさいっ」

はいはいと、おとなしくふたりは苑子の命令に従った。

「数馬くんはどうしてるんだ」

「もう寝てます」

「ほんとにいつも休むのが早いのね、あの子。若いくせして」

西瓜を食べる弘三の腕を、ぐいぐいと苑子は引っ張った。

「ほらほら、お父さん、あそこっ、仁よ！」

「どこだ？」

「ほらっ、ここよ、ここっ」

「そうか？　右側の、三列目のやつじゃないのか？」

「違いますよ。これが仁ですよ」

画面に選手のクローズ・アップが映った。

「ああ、ほんとだ。よく解ったな」

「当たり前ですよ」

得意げに苑子は鼻をそびやかした。

西瓜を口に運ぶ理玖の手は手首に錘《おもり》でもついているようにのろのろと動いた。

仁がグラウンドを走っていた。

日焼けした太い腕。険《けわ》しい横顔。指示を怒鳴る唇。逞《たくま》しい太腿《ふともも》。

息苦しさを覚えて、理玖は喉に手をやった。

口許を塞いだ、仁の骨太い手を思い出す。指が頬に食い込むほど押さえつけられ、息が出来なかった。その上で激しく突き上げてくるから、呼吸が跳ね上がり、息がつまった。

なのに、手は離れない。苦しくて、死にそうだった。

「この放送を見たあとで、夕方、仁に電話したんですよ。もうじきお盆だし、まさか今年も帰って来ないつもりなのかしらと思って。テレビ見たわよ、って言ったら、あの子、なんて言ったと思います？　そんなことでわざわざかけてこなくていい、なんて、冷たいこと言うんですよ——あの携帯《けいたい》電話って、私、好きになれないわあ。電波が届かない場所にいますとか、電源がどうだとか、わざわざそんなこと教えてくれるくらいなら、出るまでずっと呼び出してくれる方が便利なのに」

「それで、仁は変わりなさそうだったか？」

「ええ。いつも通りでした。みんなの様子を訊いてもこない薄情《はくじょう》ぶり。だから、「うちはお父さんも私も理玖ちゃんも、全員元気よ。気になってたでしょう?」と言ってあげましたよ」

理玖の心臓が、ドキンと鳴った。

仁の耳が自分の名前を聞いた。

名前を耳にして、仁はなにを感じたろうか。どういう反応を返したのだろう。

「今年は、茉子姉さん夫婦と涼子の七回忌だから、いくらなんでも帰って来なさいとは念を押したんですけど。あの調子じゃ、どうなんだか」

苑子は溜息を洩らした。

「なんだってあんなにそっけない子なのかしら」

「武骨なやつだからな」

気にする風もなく、そう言って弘三は笑った。

「言葉数の少なさにも、限度というものがありますよ。昔から、なにを考えているのか、我が子ながらさっぱり解らなかったわ。理玖ちゃんなら、齢も同じだし、男の子同士だし、あの子がなにを考えてるのか解るんでしょうねえ」

理玖は暗い笑みを浮かべた。

「ぼくも、昔からさっぱり解りませんでしたよ……」

「まあ、やっぱり」

と、苑子はまた溜息をついた。

2

パチンコの戦利品を抱えて、汗だくになって数馬《かずま》が帰って来ると、離れの玄関の前に男がひとり立っていた。

真昼の太陽はほぼ中天にあり、男の足許には黒々とした水たまりのような影が落ちていた。

胸板《むないた》が厚く、白いシャツを着た広い背中は新品のキャンバスのようだ。はき古した色合いのジーンズ。腰高の長い足と筋肉のよく発達した日本人離れした体型。真夏の灼熱《しゃくねつ》の光を背に浴びて、じっと工房の看板を見ていた。

「あのー、なんか用ですか？」

声をかけると、短く髪を刈った頭が振り返り、男はじろりと数馬を見下ろした。

「……理玖《りく》先生に注文なら、直接来られても困るんですけど」

理由もなく数馬はびくびくしながら上目遣《うわめづか》いに説明した。

「製品を売ってるショップを通してもらうか、まず電話してからにしてもらわないと……」

男の意志の強そうな唇はなにも言わなかった。

縁側のガラス戸ががらりと開けられ、苑子《そのこ》の愕《おどろ》いた声がした。

「仁《じん》じゃないの。いやだわ。来るなら来るって言ってくれればいいのに。きのう電話したのにきょう来るなんて、いったいどういう奇蹟《きせき》かしら。嬉しいけど、まるで夢みたい」

きょろきょろしている数馬の見ている前で、仁は大股で庭を横切っていき、縁側から直接家に上がった。

「あいにく理玖ちゃんはいないのよ」

「解ってる。鎌倉《かまくら》へ行ってるんだろ」

「あら――」

毎年七月の最終日、亡くなった父親の生家へ、ひと足早く理玖は供《そな》え物を持って盆の挨拶に行く。それをすんなり当てた息子を、少し意外な眼で苑子は見やった。

「あなた、よく覚えてたわね」

「あの坊ず、なんだ?」

「坊ずって――数馬くんのこと?」

いそいそと台所で、まるで恋人が訪ねて来たような態度で苑子が麦茶を用意しているそのあいだに、仁はまっすぐ仏間《ぶつま》へ行き、仏壇に線香を上げた。

「榎田《えのきだ》数馬くんっていって、理玖ちゃんのファンなの」

麦茶に水ようかんを添えて出すと、苑子は膝を突き合わせるようにして息子のそばに座った。

「あなた、ちゃんとごはん食べてるの？　暑いからって水ものばかりとってちゃだめよ。掃除とか洗濯とか、どうしてるの。お母さん行ってあげましょうか」

「理玖のファンって？」

「ああ、数馬くん——そうなの。今年の春にうちを訪ねて来て、理玖ちゃんに弟子入りしたの。理玖ちゃんも、自分はまだ駆け出しだからとか、人に教える器《うつわ》じゃないとか、最初は固く断ってたんだけどね、とにかく熱心な子で、アパートを引き払って来て、庭先で座り込みをはじめたのよ。住み込みで雑用でもなんでもしますから、使い走りでもいいですから、お願いしますって。眼と鼻の先に座り込まれたんじゃ無視も出来ないし、梅雨の走りで雨は降ってくるしで、理玖ちゃん根負《こんま》けしちゃったというわけ」

「あの離れ、いつ建てたんだ」

「えーと、二年ほど前かしら。理玖ちゃんが専門学校を出た年だから」

「あの坊ずはどこで寝泊まりしてるんだ？」

「理玖ちゃんと一緒に離れでよ」

「一緒の部屋でか」

「ううん。数馬くんは工房で寝袋に寝てるわ。あなたの部屋が空いてるから、こっちに来なさいって言ったんだけど、先生のそばがいいのかしらね」

ふふ、と苑子は笑った。

「工房を作ったり、弟子を使ったりするほど、儲《もう》かってンのかね」

声の調子に含まれる棘《とげ》を聞きとがめて、苑子は少し眉をひそめた。

「そんな失礼な言い方しちゃいけません。理玖ちゃんの仕事はそれはとても順調なんですから。数馬くんに教えてもらったんだけど、若い男の人たちのあいだでは、高級なシルバー・アクセサリーがとてもはやってるんですってね。ブームの走りになったのが、アメリカの、なんていったかしら……そうそう、クロムハーツとかいうブランド。仁、あなた知ってる？」

どうでもよさそうに仁は適当に首を振った。

「理玖ちゃんが製品を卸《おろ》しているシルバー・ジュエリーの専門店が青山にあってね、私も行ってみたことがあるんだけど、店長さんのお話じゃ、理玖ちゃんの作品目当てにお店に来るお客さんが少なくないそうなのよ。凄いでしょう？」

まるで自分のことのように苑子は昂奮《こうふん》気味に話した。

「最初、理玖ちゃんが銀のアクセサリーを作るって聞いた時は、てっきり女の子向けのアクセサリーだとばかり思ったけど、お客さんのほとんどが男の子なのね。お財布と服をつないでおくのに使うっていうチェーンなんか見ると、確かに、あんな立体的に彫刻されたごついチェーンは、女の子向けじゃないわね。理玖ちゃんは子供の頃から芸術的な才能があったもの。それに頑張り屋さんだし。これからもっともっと成功するだろうし、そしたら、ぜひお店も持たせてあげたいわ」

麦茶のコップに口をつけて、仁は皮肉るような表情を浮かべた。

「あいつは、金を出してもらうのはいやがるよ。いいかげん、それぐらい解ってやれよ。あの離れだって、よく納得したもんだぜ」

「あれは、かけてあげられたはずの大学の学費の代わりだからいいのよ。それに、成人式の時だって、理玖ちゃん、なにもさせてくれなかったのよ。女の子だったら振袖《ふりそで》とか買ってあげたんだけど」

「おふくろ」

厳しい声で仁は母親をとがめた。

「理玖を涼子《りょうこ》の身代わりにするのはやめろよ」

ぱちぱちと、びっくりしたように苑子は眼をしばたいた。

「誰もそんなこと言ってないじゃない。そんな怖い顔よしてちょうだい。身代わりになんてしていないし、思ってもいないわ。理玖ちゃんは理玖ちゃんだわ。私が望んでるとしたら、それはただ、理玖ちゃんにこの家にずっといてもらいたいということだけ」

「家のことと老後の面倒なら、おれがいるだろ」

しかめっつらで仁は水ようかんを手に取った。

「あなたなんかあてにしてないわよ、お母さん。理玖ちゃんがお嫁さんをもらって、この家を継いでくれたら、それが一番嬉しいわ」

仁はむっつりと水ようかんを口に放り込み、うまそうもなく飲み下した。


夕方五時をすぎて理玖が帰り着いた時、数馬は工房で、理玖が課題として置いていった、リングの原型彫りを熱心に行なっていた。

「出来たら見せてみろ」

「ちょっと待ってっ。もうちょい……手ェ入れさせて」

振り向く時間も惜しみながら熱心にワックスを削《けず》る。

理玖は隣の部屋へいって、サマー・ジャケットにネクタイという堅苦しい服装を着替えた。

ソファには、数馬と一緒に留守番をしていた死霊がウサギのぬいぐるみを抱いたいつものポーズで座っている。

はじめは腰を抜かした数馬もすっかり少女の存在に慣れてしまい、気にしないでいられるくらいになった。なにしろ害がない。それにおとなしい。空気も同然の静かさだ。一旦見慣れてしまえば、だから迷惑らしい迷惑もない。ソファがいつも濡れているのが玉に瑕《きず》だ。

着替えをすませてきた理玖に、手と眼は休めぬまま数馬は、理玖の留守中の出来事を話して聞かせた。

「昼間、デカいのが来てたよ」

「なにが来たって？」

「沢木《さわき》仁」

理玖の鼓動《こどう》が跳ね上がった。

さっき母屋に帰宅の挨拶に寄ったが、苑子はなにも言っていなかった。

「……ここへ来たのか？　工房に？」

「外に立って、看板をじっと見てた。あとは母屋に行っちゃったけど」

唇を噛み、理玖は落ち着かなくあたりを歩き回った。髪をかき上げ、立ち止まって、また歩き出し、煙草を咥えると、忙《せわ》しなく火をつけた。

「おれ、商品がほしくて来た人かと思って、少し変なこと言っちゃった。きっとおれのこと、間抜けなこと言う小僧《こぞう》だと思ったろうなあ」

十字架の模様の細部を彫り込みながら数馬は言った。

「そうだ、言われる前に言うけど、パチンコに行ったの、お昼の三十分だけっスから。遊んでなかったよ」

工房の中を行ったり来たりしていた理玖は、半分ほど吸ったところで煙草を乱暴にねじ消すと、ちょっと母屋へ行って来ると呟くように言って部屋をあとにした。

夕食の時間にはまだ間があるし、用事はなくて寛《くつろ》ぎに来ただけにしては、夕飯の支度をしている苑子の近くをうろうろする怪しさ。自らの行動に正当性を持たせるために理玖は、突発的に時間が空いて暇を持て余した風を装った。

「なにか手伝うけど」

別に特に変な顔もせず、苑子は、

「じゃあ、ごまをすってもらおうかしら」

と、理玖にすり鉢《ばち》を渡した。

「数馬くんに、ブランド物の財布を頂いたのよ。パチンコの景品なんですって。最近はそういう物も景品にあるのね。ほかにもタオルとか石鹼《せっけん》とか、おやつとか、大きな袋にふたつ分もあって、それ全部、くれたのよ。『ささやかながら食費代わりにお納め下さい』ですって。笑っちゃうわね」

理玖は無言ですりこぎを回し続けた。訊きたいことはひとつだが、自分からは訊けない。黙々《もくもく》と黒ごまをすりながら苑子がそれを口にしてくれるのをただ待つ。

「アクセサリーを作るより、パチンコのプロになった方がいいんじゃないかしら。そっちの方が向いてるみたいに思うわ。あ、でも、これ、内緒よ。本人、気にするといけないから」

かぼちゃの天ぷらを揚《あ》げている途中、やっとその口から待っていた名前が飛び出した。

「びっくりするニュースがあるのよ。きょうね、仁が来たのよ。まったく、よくも悪くも、突然の子よねえ。しかも、お線香上げただけで、ろくに腰も落ち着けずに帰っちゃったのよ。せめて晩ごはん食べていくように言ったら、「明日練習が早いから、ゆっくり出来ない」とか低い声で言っちゃって。ラグビーって冬のスポーツじゃなかったかしら？　夏は暇なんじゃないの？　自分からは一度も電話をかけてこないし、就職のこと、どう考えてるのかも言わないし、いったいどういう生活をしているのか、心配だわ。それに、いまはまだ、どこにいるか場所が解っているだけましだけど、卒業したら、あの子のことだから知らないあいだに引っ越ししてしまって、行方が知れなくなるかもしれない。そう考えると、時々私、不安で胃が痛くなるの」

ほかに仁はなにか言っていたかと尋ねたいが、やはり理玖は口に出せない。なおも無言で、代わりにすり鉢にゴリゴリとしゃべらせる。

そこへ、数馬がひょっこり現われた。

「理玖さん、工房にお客さん」

すり鉢にばかりしゃべらせて自分は沈黙を余儀《よぎ》なくされることに厭《あ》いていた理玖は、喜んで手を止めた。

「ちょっと行ってきます。数馬、これ代わってくれ」

「オーケー」

工房で待っていた客は、栗原加奈《くりはらかな》だった。小さなショルダー・バッグを後ろ手に、作業机のそばの壁に貼られたプレス用のカラー写真を見ていた。

「加奈さん？」

理玖が声をかけると、踵《かかと》でターンして振り返り、にこっと笑った。

「こんばんわ」

ベージュのスリムパンツに、白いTシャツ、サンド・ベージュのニット・ベスト。色もデザインも目立たない、さりげない服装だ。雑誌やタレントを手がける売れっ子のスタイリストである加奈は、職業柄、センスがいい。金がかかっていないように見えるが、オートクチュールのデザイナー・ブランドの普段着ラインであるその服は、いずれもかなりの値段のものだ。なにげなく耳に輝いているスタッド・ピアスは、数百万はする品だが、少しもいやらしく見えない。

「撮影で近くに来たんだけど、ちょっとだけ時間が空いたもんだから、行っちゃえー、とばかりに見学に来ちゃった。ごめんなさい、アポなしで」

「それはいいけど。車で来たの？」

「そう」

にっこりした微笑みにつられ、理玖も笑みを返した。加奈の笑顔はいつも感じがいい。年齢は理玖より六、七歳は上だと思ったが、その手放しの笑顔は、高校生のように若々しい。

雑誌の撮影に使うために、青山のショップによく理玖のアクセサリーを借りに来ていた。何度か話すうちに親しくなって、飼い猫の首輪に付ける迷子札《まいご》を作ってほしいと依頼された。小さな銀のプレートを、理玖は代金はもらわずに彼女へプレゼントした。お礼に彼女は理玖を食事に招待し、理玖も美術展のチケットを用意して彼女を誘い、それから映画に行ったり、彼女の車でドライブしたり、傍目《はため》にはデート以外のなにものでもない付き合いが続いている。

「もう現場に戻らなくちゃ。撮影が始まっちゃう」

「来たばかりじゃないか」

「ちょっと会いたかっただけなの。顔を見られたからそれで十分」

告白されたのはつい先日のことだ。

「女の方からの告白ってどう思う？」

「別にいいんじゃない」

「私、いましてるんだけど」

彼女の好意に少しも気づかなかったほど理玖も鈍《にぶ》くはない。ショートカットの頭を振って明るく笑う、ざっくばらんな彼女は、しなを見せて長い髪をかき上げるような女性が苦手な理玖にとっては、好ましいタイプの女性だ。

告白に対して理玖は、「ありがとう」と答えた。それがたぶん「交際しましょう」という意味に翻訳《ほんやく》されたと思うのだが、その翻訳が間違っているのか正確なのか、困ったことに、理玖本人が解らない。一ヶ月以上すぎてもまだ満足にキスも交わしていない交際を、年上の加奈がいったいどう思っているのか、気にならないわけではないが、かといって尋ねることも出来ない。

表に停められた車のところまで彼女を送っていった。

「それじゃ、またね」

「ああ。気をつけて」

日暮れが遅い真夏の明るい夕空の下を、彼女は元気に帰っていった。

見送ったあと、道端でひとり理玖は考え込んだ。

会話が愉しいきれいな女性に好かれ、悪い気のするはずがない。だが、友人以上の関係に踏み切ることには大きなためらいがある。それがなぜかは解っていた。

庭に敷かれた石をゆっくりと辿って離れに引き返し、ドアの脇にかかった看板の前に立った。

ほんの五、六時間前、ここに仁がいた。

いまもまだ、あたりに仁の体熱が残っているような気がした。仁の熱い軀。固くて、逞しい軀。あの熱くて固い軀に抱きしめられた時のことが甦《よみがえ》り、思わず理玖は自分の腕で自分を抱きしめた。頬が熱い。蒸《む》し蒸しする夕暮れの空気に混じって、仁の匂いまでもがまだその辺に漂っていそうで、理玖は苦しげに顔を歪《ゆが》めた。

3

「理玖《りく》ちゃん、大変っ、仁《じん》が練習中の事故で怪我《けが》をしたんですって！」

工房に苑子《そのこ》が駆け込んで来るのに合わせたように、松の古木で鳴いていた蟬《せみ》の声が、ぴたりとやんだ。

弘三《こうぞう》が会社から電話で教えてくれたのだという。昼休み、インターネットで仁の大学のホーム・ページを見ていたら、ラグビー部の最新ニュースとして、仁の怪我のことが記事になっていたらしい。事故はきのうの練習中に起き、左肩打撲《だぼく》、左手首を脱臼《だっきゅう》。大事はないらしいが、様子を見に行ってきなさい、という電話だった。

「理玖ちゃん、一緒に行ってちょうだい」

「――ぼくは留守番してますよ。病院じゃないんでしょう？　だったら別に、おばさんだけでも……」

「そんなつれないこと言わないでちょうだい。私にだと、あの子、素直になってくれないのよ。前にも門前払いを食わされたわ。いついつ行くからと電話すると、当日わざと留守にされたり、玄関先で体《てい》よく追い返されたり。お願い、一緒に来て？　ね？」

「けど……ぼくは、ちょっと……やっぱり、やめておきます」

「やめるとかやめないっていう話じゃないと思うけど」

「ええまあ、そうですね……だから……とにかく、おばさんひとりで行って下さい。ぼくはちょっと遠慮します」

「遠慮なんかしなくていいわ」

苑子は、しどろもどろの理玖の腕をぐいっと摑むと、押《お》っ取《と》り刀《がたな》で仁のアパートに駆けつけた。

私鉄を乗り継いで、アパートまでは一時間少々を要した。大学の最寄り駅なために、駅からアパート付近まで伸びた商店街には、学生向けの安い定食屋とコンビニエンスストアの繰り返しが、ピアノの鍵盤《けんばん》のように続いていた。

アパートは、理玖が勝手に想像していたような安下宿ではなく、築《ちく》年数の浅い、小ぎれいな建物だった。

二階の一番奥の部屋、呼び鈴《りん》に答えてドアを開けた仁は、彼らを見て、困惑に似た表情を浮かべた。

「きょうは、「様子を見て来なさい」とお父さんにも申しつかって来たのよ」

きりりっと顔を引き締めて、苑子が言った。

「証拠は上がってるのよ。観念なさいっ」

上半身は裸に包帯、下はよれよれのパジャマ姿の男は、黙って母親を見つめたあと、ぼそりと洩らした。

「……覚醒剤《かくせいざい》なんかやってねえよ、刑事さん」

『悪い評判』とは異なり、仁は彼らを追い返したりも部屋の中へ入れさせまいともしなかった。どうとでも勝手に任せるように、のっそりと奥へ引っ込んだ。

数年ぶりに間近で見る仁の軀は、理玖の眼に、高校生時代よりも一段とがっしりと映った。まぎれもなく大人の男の軀付きだった。

部屋に入ると苑子はさっそく風呂敷包みを解いた。家を出しなに大急ぎで用意してきたものだ。

「これ、お父さんが若い頃に着たアロハシャツ」

数枚の派手なシャツを拡げ、うち一枚のボタンをてきぱきと外す。

「着替えるには前開きのシャツでないと。腕を通すのが楽ですからね。とりあえず、これを着てなさい。冷えすぎねえ、この部屋。軀によくないわ」

すっくと立ち上がって、クーラーの設定温度を四度上げた。

「食べるものはあるの？　急いでたから買い物してこれなかったけど、あとで行ってくるからほしいものがあったら言いなさい。洗濯物はどこなの」

座る間も惜しむように立ち上がり、持参《じさん》した紐で所作《しょさ》も鮮やかにたすき掛けをすると、洗面所のドアを開けた。

窓を背にして片膝を立てて床に座っている仁から、理玖は出来るだけ離れて、玄関に近い、部屋の入り口のあたりに所在なく膝を突いた。

バスルームの方をのぞき込むように首を伸ばして、苑子の様子が気になっているような演技をする。そうしてそちらしか見ていない顔をしながら、その実《じつ》、軀の片側は皮膚の細胞のひとつひとつまでもが仁の挙動に神経を張り巡らせていた。

「ここにあるもの、全部洗ってもいいのね？」

「いいよ、なにもやらなくて」

左手を庇《かば》いながらアロハシャツをはおる仁が母親に億劫《おっくう》そうに言葉を返す。

「でも、その割りに、あまり溜《たま》ってないのねえ……」

洗面所からのひとり言も丸聞こえの狭いワンルーム。

その狭い空間に仁と残され、理玖は身の置き所がなくていたたまれなかった。早く苑子が出て来てくれないかと、祈るような気持ちで手を握りしめる。

「アイス・コーヒーでいいか」

不意に発せられた仁の声に、びくんと身を震わせ、滑稽《こっけい》なほどに反応する。

素足の仁は理玖の眼の前を横切り、玄関脇の流しの隣にある冷蔵庫の扉を開けた。

ちらっとだけそちらへ眼を向け、理玖は、主《あるじ》が席を外した空間をそっと見回した。

部屋はユニットバス付きの典型的な独身者用ワンルームだ。ひとり暮らしの男子学生の部屋らしい、無機質な雑然とした感じが漂っている。

無意識に、理玖の眼は異性の匂いのするものを探して動いた。カーテンの柄や、スリッパや、女性の好きそうなかわいらしい雑貨やきれいな色合いの小物などがないか、あるいは写真そのものが飾られていはしまいか。けれど、それなりに片付いてはいるが装飾的な部屋とはお世辞《せじ》にも言いがたい空間に、これは絶対そうだとはっきり思わせるような品は見あたらなかった。目立つものは、床面積の大半を占めるベッドぐらいだ。仁は、この部屋に女性を上げたりするんだろうか。大柄な仁には到底窮《きゅう》屈《くつ》だろうシングルサイズのベッド。このベッドで、セックスしているんだろうか……。

洗濯機の回る音を残して出て来た苑子は、今度は台所で立ち働きはじめた。

「あなた、お腹空いてないの？　先になにか作ってあげましょうか」

「いいって、おふくろ」

アロハのボタンを右の手だけでなんとかとめながら、仁はわずらわしげに唸《うな》った。

冷蔵庫の中を観察した苑子が冷静に感想を述べる。

「外食ばかりしてるのね」

それから彼女はようやく腰を落ち着かせ、ひとり焦っていた理玖をほっとさせた。

「理玖ちゃん、そんな隅にいないでこっちへいらっしゃい」

促《うなが》され、冬は炬燵《こたつ》になるらしい小さなテーブルを三人で囲んだ。苑子は、仁に怪我の程度と具合を尋ね、練習の際にタックルしてきた相手に足首を掴まれ、勢いに乗ったままもんどり打って左半身を地面に強打したとの状況説明を、自分で求めたにもかかわらず耳を覆って聞くのをいやがった。

とにかく苑子がしゃべっていてくれるあいだは理玖は安心だった。

「来週のお盆は、帰って来るんでしょう?」

「この前、線香上げてきたろ」

「なに言ってるの。家族でお墓参りをして、冥福《めいふく》を祈って、仏様がまた帰っていくのを静かに見送るのがお盆でしょう。それとも、なにか帰って来れないような予定でもあるの」

「『不在者投票』はすませたんだから、いいじゃないか」

「お盆は選挙じゃないのよ。ねえ、理玖ちゃん」

曖昧に理玖は微笑んだ。

「お墓が遠くてなかなか帰れないとかならいざ知らず。それに、仏壇に手を合わせるという行為は、そんな、一度線香上げたからもういいだろうっていうような、合理主義的なものの考え方とは別次元のことよ。たとえば、理玖ちゃんが毎夏、鎌倉のお宅へ伺《うかが》うように。仏様はそちらではないけれど、おばあさまのお気持ちを汲《く》み取って差し上げる——そういうやさしい心遣いが重要なの。解る？」

仁は痛めた肩をひょいとすくめ、たちまち顔をしかめた。

「鎌倉のおばあさまに、お元気なうちに、たくさん孝行してほしいのは山々だけど……」

そう言って、苑子は理玖を見た。

「でも、だからと言って、向こう様が前みたいに理玖ちゃんを鎌倉に引き止めたがったら、それも困るわ。きのう、またそんなお話、出なかった？」

「いえ、別に」

言葉少なく、理玖は答えた。

「ほんと？　あちらにはほかにもお孫さんがいらっしゃるんだし、いまのままでもそんなにおさびしくはないでしょうと思うのに。理玖ちゃんがいい子でかわいいから、みんなほしくなるのよね。あちら、新しく三階建てのおうちに建て替えられたんでしょう？」

「ええ」

「きっと大きな家なんでしょうね。理玖ちゃんのお部屋もある、って言われたでしょ」

理玖は漠然と、口許だけにほんのちょっと笑みを浮かべた。

「向こうのおうちに行ってしまったりしないでね」

たわいない苑子の話など正直なところ理玖はどうでもよかった。気が散って、それどころではない。なぜなら、最前から仁が、ずっと彼を見ているからだ。

なにげなく苑子に相槌を打っているように見えて、しかし実際の理玖は、自分に注がれている仁の視線を意識した途端、すべて上《うわ》の空だった。眼が上げられない。きょろきょろと落ち着かない様を見て取られるのが怖くて、テーブルを濡らすグラスの水滴ばかり凝視していた。

「あら、もうこんな時間だわ。買い物に行ってこなくちゃね」

テーブルに両手を突いて、苑子は立ち上がった。

「晩ごはんはなにがいい？」

「――ぼくも行きます」

責《せ》め苦《く》から解放される機会に理玖は飛びついた。そして急いで腰を上げ、苑子よりも先にそそくさと靴を履いた。

アパートの階段を下りながら、後ろで苑子が、

「女性が出入りしているようね」

と言った。

階段の下で足を止め、理玖は無表情に尋ね返した。

「解るんですか？」

「流しに花瓶があったわ。あの子の辞書にはない物よ。それと、引き出しのタオルやTシャツ。きれいに畳んでしまってあったけど、仁なら、次にそれを着るまで干しっ放しにし

ておくか、適当に丸めて入れておくのがせいぜいだわ。あと、お風呂場にあった香りのするリンス。髪なんて石鹸で洗っても平気な子よ？　それにね、トイレがきれいに掃除してあったの。どういう子か知らないにしても、いい娘さんのようね。それだけのことで判断するのもあれだけど、トイレを見るとそこのうちが解ると言うでしょう。同じ大学の子かしらね？」

「さあ……」

固い声で理玖は応じた。

路地から商店街に出ると、授業を終えた学生たちの姿が通りに散見していた。電車に乗ろうと駅に急ぐ者や、本屋で立ち読みする者、グループで喫茶店へ入っていく者、それぞれだ。

大学の方向から歩いてくる若者の中に、トレーニングウェアを着た、すらりとした女子学生がいた。スーパーの買い物袋を下げ、ガーベラの慎《つつ》ましい花束を手にしている。英語表記された大学の名前入りのTシャツに、黒いトレーニング・パンツ。

歩道に並んだ自転車の横で、彼女は苑子と道を譲《ゆず》り合って、二、三度フェイントの掛け合いのようになり、顔を見合わせ、互いに笑った。その時、彼女のそのTシャツに書かれている文字に苑子は気がついた。

「失礼だけど――」

頬に手を添え、女子学生の胸許を見つめる。

「それ、ラグビー部のTシャツかしら？　あなた、ラグビー部の関係の方？」

「はい、マネージャーですけど……」

「まあ、声をかけてよかったわ。わたくし、沢木《さわき》仁の母親です」

あ……と、女子学生は小さな声を出した。

「息子がいつもお世話になっております」

粛然《しゅくぜん》と苑子は頭を下げた。

「こちらこそ」

慌てて女子学生も頭を下げ、黒目がちの大きな瞳に神妙な表情を浮かべた。セミロングの髪をバレッタでひとまとめにし、自然な感じに毛先を散らして、上手に演出してある。

「あなた何年生？」

「三年です」

「そう。じゃあ仁とはお勉強のクラスも違うし、あまりご存じないかしら。学生生活のこととか、友人についてとか、私どもにはなにも話してくれないんですよ。あの子、友だちは多いですか？」

「はい。多いと思いますよ」

「ラグビー部ではどうかしら」

「凄く信頼されてます。チームの柱ですから」

「女の子の友だちはいるのかしら。あなた、ご存じ？」

「何人か、いるんじゃないでしょうか、たぶん。もてるから」

と言って笑った。

「まあ、そう」

同じように、苑子もにっこりと笑った。

「恋人は？　お付き合いしている方はいるのかしらね。怪我をした時にお花を持ってお見舞いに来てくれるような方は」

女子学生はみるみる赤くなった。

苑子は笑みを浮かべたまま、やさしく尋ねた。

「冷蔵庫の中のカボチャのサラダは、あなたのお手製？」

はい、と彼女は消え入るような声で答えた。

「掃除もして下さってるみたいで。お母さまの躾《しつけ》がよろしいのね、きっと」

「いえ、そんなことないです……」

「もしよかったら、仁のどこがよかったのか、教えてもらえるかしら？　あの子の方から申し込んだのでしょう？」

「おばさん」

唐突に理玖は口を挟んだ。表情のない顔で、冷ややかな物言いをした。

「そういろいろ尋ねたら失礼ですよ。彼女も困ってるじゃありませんか」

「ごめんなさいね」

手を口許へ持っていき、屈託ない笑顔で苑子はにこにこと笑った。

「詮索《せんさく》好きじゃあ、けしてないのよ、私。でも、あまりお引き止めしてもね。仁に伝えてもらえます？　私たちはこのまま帰るから、と言っていたと」

解りました、と答える彼女と会釈《えしゃく》をかわし、彼らは駅への残り道を歩いた。

「突然母親に来られたら困るはずだわね。ああいうかわいいお嬢さんが通って来ているなら」

ええ、そうですね……と、理玖は平板《へいばん》な声で呟いた。ドアを開けた時の仁の困惑したような顔を思い浮かべる。そういう先約があったのなら、迷惑顔も当然だ。さぞ邪魔に感じただろう。だが、そのことに理玖は傷ついた。

マネージャーだか恋人だか知らないが、あの女子学生のために迷惑視された。仁にとって、彼女が優先するのだ。理玖たちの訪問を、彼女のために迷惑に思ったのだ。どこもおかしな話じゃない。恋人という立場にある方を優先するのは普通のことなのに、よくあるあたりまえのことなのに、その事実を突きつけられると、胸が痛い。仁に悪意もさしたる意図もないのは解っている。自分は単なる彼のいとこだ。なのに、あの女子学生に対する嫌悪感を理玖は戒《いまし》められなかった。

「名前、訊いておけばよかったわ」

うっかりしていたと苑子は悔やんだ。

「かわいいお嬢さんじゃないこと？　仁のガールフレンドに会ったのは初めてだわ。高校の時もそういう相手はいたんでしょうけど、家に連れて来るようなことはしない子だったし。あの子の秘密主義はいまに始まったことじゃないけど。真剣なお付き合いをしているのかしら。理玖ちゃん、どう思う？」

しみじみと、苑子は溜息をついた。

「いつかあの子も、結婚したい相手を紹介しにうちに連れて来るんだわねえ。あの娘さんになるのかしら」

理玖には、答えようがなかった。適当にでも、おざなりにでも、言葉が出ない。

仁が誰と付き合っていようと、どんな相手と結婚しようと、彼には関係ない。関係はないが、胸の中は不快さでいっぱいだ。彼女に会いたくなかった。顔なんて知りたくもなかった。見かけは平気な顔を保って叔母の傍らを歩きながら、理玖は胸の裡《うち》の不愉快さを打ち消すことが出来なかった。

仁の中の優先順位から自分が外れていることを知らされて、傷ついたと同時に、それはひどい屈辱《くつじょく》だった。あいつがそういうつもりなら、おれだって。そう――それなら自分だって加奈《かな》とうまくやってやる。一緒にいて愉しいガールフレンドは自分にもいるのだ。昔自分にした仕打ちも忘れて、ひとりだけ幸せになろうとするのは許せなかった。

4

夕日の差し込むオレンジ色の工房で理玖《りく》は、キャスティングと呼ばれる、同一のアクセサリーを量産するための型取り鋳造《ちゅうぞう》を行なっていた。

まず、銀で作った指輪の原型をシリコンゴムを使って型取りする。そのゴム型にワックスを注入して、複製のワックス原型を数十個単位で作り、それらを一本の棒の周りに葡萄《ぶどう》の房《ふさ》のように付けて容器に入れ、周囲の隙間に石膏《せっこう》を注ぐ。次にその容器ごと電気炉で熱し、ワックス原型を溶かして石膏型を作る。そして、湯道から溶かした銀を流し込み、固める。

作業に没頭していた理玖は、加奈《かな》がやって来るまで、夕食に行く約束の時間を失念していた。

「ごめん、すぐ着替えるから」

「急がなくてもいいわよ。私が早く来すぎちゃったんだから。あっちで、進行中の仕事、見せてもらってるわ」

コーヒー・カップを置いて、加奈はソファから立ち上がった。

隣の工房のドアの向こうにその姿が消えるのを確かめてから、数馬《かずま》はひそひそと理玖に囁《ささや》いた。

「やっぱり、加奈さんにもアレ見えないみたいだね」

コーヒーを出すのに使った丸いトレイを両手で胸に抱きかかえ、ソファに座る少女の死霊をそっと見る。

「どうするの、あれ。全然出て行きそうにないよ？　もう十日近くになるけど」

「あとで、おれが外へ連れていってやるさ。帰り道は自分で解るだろう」

「霊って迷子なのか、それとも好きで迷ってるのか、解んないよなあ」

理玖は、信楽《しがらき》焼きのぐい飲みふたつに流しで水を満たし、それを出窓の左右にひとつずつ置いた。

「毎日そうしてるけど、それ、なんの意味があるの？」

「さまよえる寂しい霊魂《れいこん》のためさ」

「それなら、女の子に直接手渡して飲ませてやったら？」

「そういうんじゃない。まあ、生きてる者がしてやれる、ほんの気持ちのようなものだ。遅くなるかもしれないから、鍵をかけて先に寝てろ」

「いいっスねー。お愉しみっスねー、師匠《ししょう》」

「バカ。キャストのリング、いぶし剤で黒くしたあと、磨《みが》きかけておいてくれ。全部はやらなくていいぞ。出来るところまででいいから」

「はーい。いってらっしゃーい」

理玖は隣へ行って、加奈に待たせた詫びを言い、一緒に離れを出た。

最近買い替えたばかりの加奈のフィアットに乗り込み、さて、どの店に行こうかと相談をかわす。

「メニューは懐石《かいせき》スタイルなんだけど、新しい日本料理っていう感じのお店があるの。トロそっくりの霜降り牛肉の刺身《さしみ》を、納豆《なっとう》のたれで食べるのよ。フカヒレ入りの温泉卵とか、鴨《かも》まんじゅうとか、どれも絶品。コースに関係なく献立《こんだて》が組めるから、そんなに高すぎるってこともないし。六本木なんだけど、どうかな？」

「いいね。ぜひ行ってみたいな」

すぐに話は決まって、彼らを乗せたフィアットはまっすぐ都心へ向かった。

加奈と出会うまで、理玖は女性と大人の付き合いをしたことがなかった。初めてのガールフレンドは、中学校を卒業するまで一年ほど付き合った同級生の少女で、当然、女性をエスコートするような本格的なデートは体験がない。加奈主導の交際になるのは自然の流れだった。彼女の方が年上だし、世慣れてもいる。理玖にもそれが普通に思えた。

路肩《ろかた》駐車の列の空きに車を停め、さあ降りるという時に、理玖は彼女にキスをした。

加奈は、不思議そうな顔で理玖を見た。

「……ごめん、なんか変だった？」

心配になって謝ると、彼女は突然理玖の顔を引き寄せて、激しく唇を奪った。舌がからまり、吸いつき、唾液《だえき》が糸を引く、濃厚《のうこう》な口づけ。

加奈は右手の親指の腹で、理玖の濡れた唇を拭うと、

「なんか変だった？」

と言い、笑った。

思わず理玖もつられて笑った。

食事は最高だった。加奈が連れていってくれる店はいつも外れがない。きょうの支払いは理玖がもった。

店を出ると、車のドアに手をかけながら彼女がなにげなく言った。

「ここからだとうちすぐだから、寄っていかない？」

そっと理玖は唾液を嚥下《えんか》した。もしかしたら来るかもしれないと思っていたセリフが来た。

「やっとジジにも会ってもらえるし」

ジジとは理玖が銀の迷子プレートを作ってやった猫のことだ。

返事を聞くために彼女が振り向いた。

理玖は躊躇《ちゅうちょ》した。その短いためらいが、言葉の選択を誤らせた。

「まだ仕事が残ってるから」

反射的にそう言ってしまった。言った端から理玖は後悔した。覚えず洩らしてしまった言葉はまさに逃げ口上《こうじょう》以外のなにものでもない。自らの意気地《いくじ》のなさに歯軋《はぎし》りする思いだった。

「じゃあ、今度ね」

しかし、なにも気にした様子もなく、彼女は明るい顔で受け流した。

「……この次は必ず寄せてもらうよ」

「そうね。都合のいい時にまた。大丈夫よ、ジジも私のマンションも逃げたりしないから」

送るという言葉を、さすがに理玖は断わった。女の子のように送り届けられてはやはり恰好《かっこう》がつかない。

路上で別れたあと、タクシーをつかまえると、背凭《せもた》れに深く頭を倒した。

ふうっ、と思わず吐息が洩れる。

もしも彼女の部屋へ行ったら、お茶だけ飲んでさようならと帰るわけにはいかないだろう。あのキスのあとで、だ。理玖にはまだ、心構えが出来ていなかった。

表札の正面でタクシーを降り、灯りの洩れている家を外から見つめた。図《はか》らずも早い帰宅となってしまい、そのことをまた数馬にからかわれるだろうと思うと、少し気が塞いだ。

前庭の常夜灯に照らされた、玉石《ぎょくせき》を寄せ集めたアプローチを進むと、派手な音を立てて母屋の玄関戸が引き開けられ、中から数馬が飛び出してきた。

「大変だっ……苑子《そのこ》さんがっ……！」

ぶつかる勢いで理玖に飛びつき、引きちぎるような力で服を握りしめた。

慌てふためいている青年の様子に理玖はさっと顔色を変え、母屋に駆け込んだ。

「おばさんっ…⁉」

台所の床に苑子が倒れていた。躯を折るように膝を曲げ、腹部をかかえて呻《うめ》き声を上げている。脂《あぶら》汗が流れる顔は真っ青だ。白い襦袢《じゅばん》があられもなくはだけた裾の乱れが、平素《へいそ》ありえない事態の勃発《ぼっぱつ》を象徴していた。

すぐに理玖は電話をかけ、救急車を要請した。

「おれは一緒に乗って病院まで行ってくるから」

叔母の躯の上に毛布をかけ、当座必要な物を急ぎ揃えながら、緊迫《きんぱく》した声で数馬に声を投げる。

おろおろするばかりの数馬は、心もとない顔で、ひとり置いていかれることにうろたえた。

「おれは……おれはどうしたら……」

「おまえはここにいろ」

「でも、でも……」

「ここで待ってろ。行くのは桜ヶ丘《さくらがおか》にある市立病院だ。解るな？」

理玖は、数馬の眼をのぞき込むように見つめ、噛んで含めるように言った。

「おまえのよく知っている場所だ」

そうこうしているうちにサイレンの音が近づいて来た。

離れに続く廊下の向こう端で、大きなウサギの耳を摑んで立っている少女が、じっとこちらを見ていた。

最後に火の元を確認すると、理玖は搬送《はんそう》される苑子の脇に救急隊員とともに乗り込んだ。


病院の廊下の公衆電話で、理玖はまだ勤務先にいる叔父と話をした。

「いまは落ち着いてます。胃痙攣《いけいれん》だそうです。潰瘍《かいよう》があって、それのせいらしいです。いえ、それほどでもないと先生は言ってました。はい。解りました。いえ、いまのところ必要なものは。はい。気をつけて」

受話器を置き、理玖は保険証の入っていた苑子の手帳をめくった。住所録に記入された、仁《じん》の携帯電話の番号を見つめる。

弘三《こうぞう》は会社から直接病院に来るという。その途中で叔父が仁に連絡を入れる可能性は少ないだろう。病院に着いて叔母の様子を確認して、それから連絡をとるかもしれない。もしくは、病院をあとにして、自宅に戻ってから改めて電話をかけるか。だが、それだと夜中を回ってしまう。きょうはもう遅いから明日にしようとするかもしれない。

じゃあ自分が電話をしてもいいんじゃないかと理玖は思った。

いまここで自分が代わりに電話をかけても、なにもおかしくないはずだ。どこも不自然じゃないはず。

受話器を耳に当てて待つあいだ、ドキドキと心臓が鳴っていた。

「はい」

声。低い声。聞いただけで眩暈《めまい》を感じた。

「――突然ですまない」

「だれだ?」

仁は彼の声が解らなかった。

「おれだよ。理玖だ」

沈黙が落ちた。

そのままいつまでも続きそうな無言に理玖は、切られてしまうのではないかという焦燥《しょうそう》を覚え、せき立てられるように事情説明をはじめた。

「おばさんが自宅で倒れた。救急車で市立病院に運ばれて、いまおれが付き添ってる。おじさんはまだ会社にいたが、さっき連絡をしておいた」

「なにがあったんだ」

一瞬、理玖は言い淀んだ。

「――まだ解らない。検査中だ」

嘘をついてしまった。明らかに計画的な嘘を。

案の定、仁は一時間もしないうちに駆け付けてきた。

「早かったな」

普段ですら愛想のないその顔に険しい表情を貼り付けて、病室に入ってきた。

「おふくろは？」

「いま眠ってる。廊下で話そう」

小声で促し、一緒に部屋をあとにして廊下へ出た。救急病棟の廊下は、暗く、ひっそりとしていた。廊下に置かれた長椅子にはどちらも腰を下ろさず、彼らはそのまま立ち話をした。

「それで？　なにか解ったのか」

「胃に潰瘍があって、それが原因で胃痙攣を起こしたんだそうだ」

「潰瘍の方はひどいのか？」

「いや、幸いそうでもないらしい。まあ、もう少し検査もするとは言ってたが。いま、入院手続きの書類を用意してもらってる」

「ああ見えて、おふくろは神経が細いところがあるんだ」

眉をひそめて仁はむっつりと言った。

「物事を考えすぎたり、ひとりで思い悩んだり、つまらないことでくよくよしたり。一見脳天気に見えるが、ストレスをしょい込みやすい性格なんだ」

「そういえば胃が痛いとか言ってたことがあったなあって、さっきちょっと思い出してたんだが…。いつもの口調で、しかもあの笑顔だったから、まともに受け止めてなかった」

「難儀《なんぎ》なタイプってやつだ。笑いながら痛がったって、傍目《はため》にゃ解らない」

「そう思うなら、おまえあんまりおばさんにすげなくするなよ」

仁は口許にうすい笑みを掃《は》いた。例の弘三のアロハシャツを着ていた。病院のうす暗い廊下にトロピカルな柄が、株主総会にまぎれ込んだサーファーのように、異質な光景として浮かんでいた。包帯の巻かれたその左手首に理玖は眼をあてながら、ひとり言のような声で訊いた。

「今夜、どうする…？　こっちに泊まるんだろ？」

表情のない黒い瞳で、仁はわずかのあいだ、理玖を見下ろした。

「――いや。着替えもないし、アパートへ帰るよ。眼が覚めたら、おふくろにおれが来てたと伝えてくれ」

「もう帰るのか？　おじさんも、そろそろ到着すると思うから……」

「おまえが付いていれば安心だよ」

「見舞いには来るんだろう？」

「どうせおれのせいでストレスが溜ったんだと愚痴《ぐち》るだろうから、これで顔も出さないと、なに言われるか解ったもんじゃないな」

と言って、仁は苦笑いした。

「おふくろがぶっ倒れるなんて、おれが知るかぎりじゃ初めてだからたまげたよ。そんなに気苦労させてるつもりはないんだけどな」

そして、じゃあなと言うと、背を向けた。そのまま帰すのがなぜか忍びがたかった理玖は、見送りがてらその後ろをついていった。

「――……仁」

「ああ？」

振り向いた男に、だが理玖はなにも言えず、俯いた。

「いや……なんでもない」

なにを言おうとしたのか、自分でも解らなかった。

彼らが救急外来の出入口を出ると、右手の奥にある駐車場から一台の軽自動車が近づいてきて、すぐ前に横付けされた。

運転していたのは、ラグビー部のマネージャーの女子学生だった。

「そうか、送ってもらったのか……」

ぼんやりと理玖は呟いた。

「だから早かったんだな……」

「電話があった時、ちょうど友人連中とメシを食ってたところだったんだ。彼女は車で来てたんで、座を中断させるのは悪いと思ったんだが、送ってもらった」

運転席から彼女が理玖に軽く会釈した。

今夜は、きれいなキャミソール・ワンピースを着て、上に薄手の白いカーディガンをはおっていた。髪はふわりと肩にたれ、口紅の塗られた艶《つや》のある唇が玄関灯の明かりに浮かび上がっていた。

仁を乗せた車は、病院の車回しを半周して国道へと出ていった。

苦痛が理玖の肩に伸《の》しかかっていた。それはひどく重くて、なにかを諦《あきら》めなければ到底消えてなくならないほどの重苦しさだった。

病室の椅子に座って、窓の外の真っ暗な闇を見るともなく見つめていると、しばらくして苑子が眼を覚ました。

「……仁が来てなかった？」

「いましたよ」

暖かい声で理玖は囁いた。

「帰っちゃったの？」

「心配しないで。またすぐ来るって言ってました。おばさんが入院しているあいだ、会いに来るよう、ちゃんと約束させましたから」

「ありがとう。理玖ちゃんは、ほんとにやさしい子ねえ……」

しんみりと呟き、苑子は眼を閉じた。

「おじさんはさっき着いて、いま先生に話を聞きにいってます」

「理玖ちゃん、手を握っててちょうだい」

ついつい理玖は笑ってしまった。

「やだな、おばさん。重病じゃないんですよ。先生の話、さっきちょっと聞いたでしょ？薬の治療で大丈夫だろうと言ってましたよ」

それでも理玖は、望む通りに叔母の手を握ってやった。

眼を閉じたまま苑子は呟くように言った。

「……八時頃、スポーツ・ライターの佐々木《さきき》という人から、仁のことで少し話を聞かせてもらいたいと電話があったの。その人が言うには、S電気とK製鋼《せいこう》がいまのところ仁の入社先として有力だったけれど、でも、先日の怪我でそれもだめになっただろうって。左肩が粉砕《ふんさい》骨折していて、再起不能という噂があると言うのよ。それで骨折の程度はどのぐらいひどいのか、隠さずに教えてほしいと言われたわ」

「おかしな話ですね。仁は、骨折なんてしてませんよ。このあいだアパートに行った時、見たでしょう。ギプスもなにも付けてなかった」

「でも、あの子は嘘をついているのかもしれないわ。だって、いつも私には本当のことは話してくれないじゃないの。そうでしょう？　電話を切ってから、だんだんきっと骨折は本当なんだと思えてきて、どうしよう、お父さんはまだ会社から戻らないし、あなたも帰ってこない、なんだかどんどん心配になってきて……胃がこむら返りでも起こしたかと思ったわ」

「仁は心配ないです。さっきここへ来た時も、とても元気でした。大丈夫」

理玖は握った手に力を入れた。

くすん、と苑子は鼻をすすった。

「でもね、秋から一年間、イギリスへ研修留学するそうなの。大学を通して話があったとか……その話は本当らしいわ。正式に決定してるんですって」

それから、はあ…と弱々しい溜息を洩らすと、厭世《えんせい》的になって理玖に泣き言を言った。

「外国は遠いわ。凄く遠い。これまでのように、いつでも会いにいけるけど会えないのとは違って、会いたくたって会いにいけない距離ですもの。関西の会社に就職するかもしれないと聞いた時さえ、そんなに遠くに行ってしまうのと思ったのに。それにね、なんでも同じ大学からもうひとり、私費留学する女子学生がいるらしいの。受け入れ先の方では仁と彼女を学生の夫婦と間違えて、夫婦用アパートの案内書を送ってきて、関係者のあいだで笑い話になったそうよ。その女子学生に心当たりがあるかどうか訊かれたから、たぶん仁が交際しているラグビー部のマネージャーのお嬢さんだろうと教えてあげたわ。留学してまで仁についていくなんてねえ、最近の女の子はなかなか情熱家だこと。でも、仁が遠くにいってしまうと思うと寂しいけど、理玖ちゃんがいてくれるものね。ね、理玖ちゃん？」

茫然《ぼうぜん》として一点を凝視していた理玖は、苑子に返答を求められて不意に我に還《かえ》った。

「――え……なに…？」

全身から血が引いていくような感じに襲われ、すがるように毛布に爪を立てる。

「理玖ちゃん、気分悪いの？　冷や汗が出てるわ」

青ざめた顔に、理玖はぎこちない笑みを浮かべてみせた。

「看護婦さん呼びましょうか？」

心配げに苑子が話しかけてくるのにやんわりと首を振っているところへ、弘三が戻って来た。理玖はあとを任せるように立ち上がった。

「……ちょっと外の空気を吸ってきます」

なんとか廊下に出ると、壁際の長椅子にへたり込むように腰を下ろした。

様子を見に出て来た弘三が、それを見て眉をひそめた。

「大丈夫かい」

理玖は無理強《じ》いに笑みを作った。

「今日はほかにもなんだかんだあって、少し疲れが出たんだと思います……」

「もう帰って、早く休みなさい。私も、もう少ししたら帰るから」

「はい……」

おとなしく理玖は頷《うなず》いた。

タクシーを呼んだ弘三は、理玖が乗り込むまでついていてくれ、車が走り去るのを見届けてから病室に戻っていった。

タクシーの中で、理玖はぐったりと座席に沈み込んだ。

惨《みじ》めだ。たまらなく惨めだった。十七のあの夜から理玖は一歩も前に進めないのに、彼を傷つけた仁は、まるでそんな過去などなかったかのようにさっさと大事な女性を見つけて未来に飛び立とうとしている。自分だけが苦しんでいる。自分だけが切り捨てられる。不公平だ。ガーベラを抱いた女子学生の表情は満たされていた。彼女は大切にされている。

自分は大事にされなかった。耐えきれない惨めさが理玖を押し潰《つぶ》す。

「公園を右でいいんですよね」

運転手が道を確認してくる。

眼を開けて、理玖は確かめるように窓の外を見た。そして向き直ると、

「――東麻布《ひがしあざぶ》に、行き先変えて下さい」

と告げた。

深夜にもかかわらず、生ぬるい暑さがタクシーを降りた足許から、むっと身を取り巻いた。地面を塗り固めたアスファルトに妨《さまた》げられ消散出来ない熱気が昼間のままそっくり残っている。

個性の乏《とぼ》しいビルが立ち並ぶ通りを、所番地を頼りに歩いているうちに、あたりの空気は次第にじっとりと重くなっていった。飽和《ほうわ》した湿気がべたべたと肌にまといつく。

不意の訪問に加奈《かな》は思いがけない愕きの表情を浮かべたものの、気持ちよく歓迎してくれた。

大型のワイド・テレビの上にうずくまっていた猫が、見知らぬ訪問者を警戒し、音もなく絨緞《じゅうたん》に飛び降りると物陰に隠れた。

「ジジ、あなたのそのペンダントを作ってくれた人なのよ。ちゃんとご挨拶しなさい」

ペットを飼っている人間特有の癖で、人間の子供に声をかけるように猫に話しかけた。

カッシーナの家具が揃えられた広いリビングの窓はブラインドが上まで引き上げられ、そこからビルとビルに挟まれた夜空を背景に、照明を浴びた東京タワーが望めた。

「下から見たことはあるけど、こういう角度は映像でしか知らないな……」

窓辺で呟く理玖に、加奈は赤ワインのグラスを手渡した。

涼しい室内は、さらりと肌に快適で心地いい。ダウン・ライトとスタンドの灯りの、暖かい黄色い光。低く流れているのはボサノバ。適度なやわらかさのソファに並んで腰を落ち着け、ワインのグラスを傾けていると、気分が安らいだ。

不意の訪問についての説明を加奈は求めない。理玖も語らない。交わされるのは肩のこらない愉しい会話だ。真剣な言葉も、深刻な顔も、ここには存在しない。部屋に漂うボサノバの歌声のように軽い、時間の流れ。

肩が触れあう距離にあるぬくもりが、理玖を慰める。くつろいだ会話のひとつのように加奈が、ふと理玖に口づけた。互いの軀に手を回し、抱き合って、軽いキスを交わし合う。それから理玖は彼女の肩に頭を凭せかけた。しなやかな手が、静かに理玖の髪を撫でた。

母親にされるように頭を撫でられながら、理玖は自分が慰めを求めてここに来たことを知った。そして、望みはかなえられ、慰められたことも。

唇を触れ合わせるだけのキスが次第次第に荒く乱れだし、熱と鼓動を跳ね上げげ、姉弟のようだった関係が性的なものに変化していく。

互いに服を脱ぎながら、理玖がまじめな顔で言う。

「セックスは初めてなんだ」

「それは光栄だわ」

加奈は笑った。

なにもまとわず仰向《あおむ》けになった彼女の軀に理玖は手を這わせた。初めて触れる女性の乳房。やわらかいまろみをてのひらで押し包んだ。そっと手を動かすと、うすく開いた唇から甘い息がこぼれ、細い腕に背中を抱き寄せられた。

白い首筋に顔を埋め、理玖は眼を閉じた。きれいで、しなやかな軀。やわらかい感触。いい匂い。理玖は一生懸命に努力した。

一生懸命に、というところが、そもそもおかしかった。加奈に対して感じている気持ちが、それだけ冷静で、情熱を欠いている証《あかし》でもある。理玖にとって、彼女とセックスする理由は、たぶん、好意ゆえというよりは、ステップのひとつだ。自分はちゃんと女性と付き合えるということを、自己証明したい。普通に女性と恋愛して、普通にセックスが出来て、幸せになれるんだと証明したい。

男なら出来るはずだ。なにも難しいことじゃない。みんなしている。仁だってしている。自分にも出来るはずだ。

だが、きちんと行なおうと思えば思うほど、だめだった。頑張ろうとすればするほど気持ちだけが空回《からまわ》りした。

身を起こし、ごろりと反転して理玖は天井を仰いだ。

「――ごめん……」

顔を覆うように額に腕を付け、ひと言詫《わ》びた。

「気にしないで。そういう時もあるわよ」

脱いだ服を引き寄せて胸を隠しながら、加奈は労《いたわ》る言葉を口にした。

理玖はただ黙って首を振った。そうじゃないと知っていた。仁のせいだ。あいつのせいだ。焼けるような憎しみが胸を突き上げた。

「会うのはもう、よそう……」

「どうして？」

愕いた顔で彼女は、胸を押さえたまま肘《ひじ》で身を起こした。

「セックス出来ない男に、資格はないよ」

「別れる必要、ないんじゃない？」

今度は理玖がなぜと尋ねる眼を向けた。

「私、嫌われてると思ってないし、それどころか、かなり好かれているとうぬぼれてるの。いま、うまくいかないのはセックスだけでしょ？　それ以外は問題なくうまくいってるじゃない」

そう言って彼女はまた横たわり、理玖の肩を触れるか触れないかのように撫でた。

「時間をかけて付き合っていけば、自然とそのうち、もっといい関係が作れるようになるわ。そんなにセックスだけを気にする必要はないと思う」

「理由はそれだけじゃない」

覚悟を決めた醒《さ》めたまなざしで理玖は宙を見つめた。

「詫びなくちゃいけないことがもうひとつある。おれは、自分の都合できみと付き合っていたように思う。恋愛っていうよりも、女性と交際してみたかっただけで、きみと付き合ってたのかもしれない。自分勝手な男だ。ごめんよ。本当に申し訳ない」

淡々と、理玖は語った。

情けなさと、後悔と、恥辱《ちじょく》と。仁に対する当て付けが招いた愚《おろ》かな結末だった。取り残されたくない思いだけで、彼女を利用した。悔しさを晴らすためだけに、馬鹿なことをした。

「謝らないで」

と彼女は言った。

「あなただけが悪いわけじゃない」

「庇《かば》ってくれる必要はないよ」

責任は理玖にある。だが、彼がそうなる原因を作ったのは仁だ。仁が彼を惨めにする。

「……解ってはいたような気がするの。理玖さん、最初から、なかなか踏み切ろうとしなかったもの。でも、いいな、って感じてしまったから、好きになってしまったから、アタックしちゃった。心のどこかで、無理かなあって解っていながら。理玖さん、信号出してたのに、私がそれを無視して強引に進んだの。私こそ、ごめんなさいね」

そう言って、彼女は寂しそうに笑った。彼女にそんな表情があることを、理玖は初めて知った。

部屋をあとにする時、猫と眼が合った。輝く月のような黄玉《おうぎょく》の眼は、理玖がマンションの建物を出てからも、ずっと背中を追ってきた。

母屋は明かりが見えず、真っ暗だった。叔父はまだ病院なのだろうか。それとももう休んだのだろうか。

理玖は離れの鍵を取り出した。室内は母屋と同様、暗く静まり返っている。ただ、窓から差し込む庭の常夜灯の光で、灯りをつけなくても物の形ぐらいは見て取れる。キー・チェーンをカウンター・テーブルに置き、コップに水を注いで、ひと息に飲み干した。そして、ゆっくりと、長い息を吐く。

ソファをふと振り返り、そこにある少女の影にものうげに眼を当てた。

「ほんとに帰り道を忘れてしまったのか？」

それとも、と続ける。

「ひとりじゃ帰りたくないのか」

しかし、ウサギを抱いた少女だと思ったその影は、小さな幼女ではなく、涼子《りょうこ》だった。

理玖は、息を飲んだ。

膝をきちんと揃えて座り、涼子はまっすぐ理玖を見ていた。

男にしては小さい理玖の喉仏《のどぼとけ》がヒクリと動いた。

「――久しぶりだね、涼子ちゃん……」

少しかすれた低い声で、囁くように言った。

「まだおれを許せないの？　そんなに怒ってたんだね」

涼子は中学のセーラー服を着ている。髪は振り分けのおさげに結われ、その毛先には、青いサテンのリボンが結んである。登校の前に、毎朝苑子が結んでやったリボンだ。

「おれが死ぬべきだったんだ――って、言いたいんだろ」

理玖が話しかけても、瞬《まばた》きもせずにじっと座っている。黒々とした洞《ほら》のようなその眼は、けして理玖からそらされることはない。

「言っていいよ。正直に言ってくれ。おれが死ねばよかったんだと、言えばいい」

急に理玖は明るく笑い出した。

「解った。死ぬから。いまから死ぬから」

流しから果物ナイフを取ってくると、

「ついて来いよ」

朗《ほが》らかに促して、庭に出た。

「水に浸けると、早く血が流れ出るんだ」

どこか異様な甲高《かんだか》い声で説明しながら、ためらいもなくザブザブと池に入った。膝までしかない水の中に腰を落とし、両手を肘まで水に入れる。

「これでいいんだねっ！」

暗闇に向かって理玖は叫んだ。

「どこだ、涼子ちゃん！　出て来いよ！　そこにいるんだろっ？　見てるかいっ！」

大声で呼びかけながら、水中で手首にナイフの刃をあて、かき切った。

「これで安心して眠れるだろ、涼子ちゃん！」

刃は肉を滑り、深く切れない。おまけに光の届かない池の水は暗く、切るべき場所が定まらなかった。理玖は夜空を仰いで宙を見据え、まるでそこに運命《モイラ》があるかのように、濡れた両手を差し上げた。

「さあ、正しい結末をっ……！」

「——理玖っ…⁉　なにをやってるんだっ！」

スリッパのまま縁側から飛び降りた弘三が、水をこいで理玖に駆け寄った。脇を抱えて立ち上がらせ、池から引きずり出す。

「おじさん、だめですよ。涼子ちゃんが待ってるんだから」

笑顔で理玖は弘三をたしなめた。

「離して下さいって。だめですってば」

なにかおもしろいふざけあいでもしているかのように、くすくすと笑う。

理玖の態度がおかしいことに気づいた弘三は、彼を無理やり母屋へ引っ張っていき、明るい照明の下、そこで初めて出血を知った。

すぐさま上腕部《じょうわんぶ》を布で縛り、負傷部をタオルで覆うと、その夜二度目となる救急外来へ、理玖を連れていった。

幸運なことに、傷は血管を傷つけていなかった。

すでに明け方が近かった。わざわざ苑子を起こす必要も、この件を知らせる理由もなかったので、弘三は、手当てがすんだ理玖をそのまままっすぐ連れ帰った。それまでどこか様子が変だった理玖は、病院に着いたあたりから、まるで憑物《つきもの》が落ちたように静かになり、再び家に帰り着いた時は、もうすっかり普段の精神状態に戻っていた。

「今夜はここで休みなさい。なにかあったら、私がそばにいるから。いいね」

寝室の、自分の布団の隣にもうひと組み布団を敷き、弘三は理玖をそこへ寝かせた。なにがあったのか、詳しい話は明日聞くこととし、とにかくいまはゆっくりと休息させるのを先決とした。

おとなしく床に着いた理玖の横で、しばらく弘三は寝たふりをした。やがて理玖が深く寝入ったのを確信すると、そっと布団を抜け出して、ひそかに電話をかけた。

時刻は朝の五時になろうとしていた。居間のテレビは、苑子と理玖が変わりなく揃っていた昨日の朝も、ふたりが病院と自宅の寝床でそれぞれ憔悴《しょうすい》して休んでいる今日の朝も、タイトル・ロールを変えれば区別がつかないような、似たり寄ったりのニュースを流している。

ほぼ十分おきに、弘三は理玖の様子を見に立った。いつのぞいてみても、理玖はぐっすりと眠っていて、彼を安心させた。

小《こ》一時間後、乱暴な足取りで仁がやって来た。

「あいつは？」

「私たちの寝室で休んでいる」

足音荒く仁は廊下を突き進んだ。

「おいっ、寝かせておいてやれっ」

寝室の扉を派手に開けて室内に踏み込んだ仁は、理玖の布団をはぎ取り、その胸倉を摑んで引き起こすと、拳《こぶし》で殴った。

理玖は、なにが起こったか理解出来ない顔で、ただぽかんと、自分の胸倉を摑んでいる仁を見つめ返した。

そこをもう一発、仁は殴りつけた。

追って来た弘三が止めに入った。

「仁っ！　やめないか！」

鷲摑《わしづか》んでいた襟元《えりもと》から仁が手を離すと、気絶していた理玖はそのまま、ことんとシーツに横たわった。

「そんなことをさせるためにおまえを呼んだんじゃないぞ。私が会社に行っているあいだ、理玖をひとりにしておかれないから、そのために呼んだんだ。短絡《たんらく》的に気持ちを行動に移すなっ」

仁は、失神している理玖を憮然《ぶぜん》とした表情で見下ろすと、顔を背けて、チッと舌打ちした。

「気がついたか？」

ほっとした弘三は、眼を開けた理玖の上に身を乗り出し、その顔を冷やしていたタオルを取り払った。

「大丈夫か。仁が軽率《けいそつ》な真似をして、すまなかったね」

「……おじさん、眼の下に暈《くま》が出てますすよ」

弘三はうすく微笑んだ。

「きみもひどい顔だ」

「ひどいですか、そんなに」

上体を起こした理玖は、苑子の鏡台の上にあった手鏡を渡され、口端を吊り上げた。

「ああ、ほんとだ……絵に描いたような青タンだな」

「笑い事じゃないよ。いきなり殴った仁も悪いが、きみは殴られるようなことをしでかした」

「すみません。心配をおかけしました」

「――あの時、涼子が待っていると口走っていたね。覚えてるかい？」

「はい」

「なぜだ？　どうしてそんなことを思ったんだい？」

「昨日、ぼくの部屋のソファに座っていました」

静かな声で、当たり前のように理玖は言った。

弘三は眉をひそめ、沈黙した。

「どうやらきみは、苑子の祖父の妹だった人の血を受け継いでしまったようだね。紀玖《きく》というう名の、少し変わったところのある人だった。それにきみは知らなかったかもしれないが、きみのお父さんは、その人の曾孫《ひまご》にあたるんだ。だがね、理玖くん……いなくなってしまった人間のことに囚《とら》われるのはよしなさい。もう忘れてやりなさい。それが一番いいんだ」

目の前の理玖に対してだけでなく、今日まで六年間、家族の喪失《そうしつ》が生んだ痛みをずっと抱えてきた自分たち全員への語りかけのように、そう言った。

眼鏡を軽く押し上げ、弘三は腕時計に眼をやった。

「まだ早いし、今日はこのままここで休んでいなさい。私は会社へ行かねばならないが、仁がいるから、用があったらあいつに頼みなさい。まさかまた乱暴な真似をするほどあいつも馬鹿ではないはずだ。きみも、殴られるような真似は、もうしないね」

「はい……」

「約束出来るな。私にも、苑子に対しても」

「はい、約束します。おじさん」

「よろしい」

ゆっくり休みなさい、と言葉を残して弘三が出ていったあと、枕に頭を戻した途端に理玖は、たちまちまた眠りの中に吸い込まれていった。

次に眼が覚めた時、寝室の扉が少しだけあいていて、その隙間から仁の眼がのぞいていた。

「……気持ち悪いな。やめろよ」

反発するかと思ったが、扉を閉めて黙って立ち去った。

ちょっと拍子抜けした理玖だったが、五分ほどたってから、男は朝食を持ってまたやって来た。

トーストは焦《こ》がしてあり、コーヒーは出がらしで、ゆで卵は冷えて固かった。

「あんまり食欲がわかない献立《こんだて》だな」

「贅沢《ぜいたく》言わずに、黙って食え」

イチゴジャムの助けを借りて焦げ臭いトーストを齧《かじ》るのを、傍らに座って仁は見ていた。

「——涼子がまた出たんだって？　おまえに手首を切れと言ったのか」

「おまえが悪いんだ」

日灼けした顔に、仁は当惑の表情を浮かべた。

「おれが…？」

「おまえが不幸じゃないからだ。恋人がいて、愛されていて、目標は定まっていて迷いがなくて、昔のことなど切り捨てて彼女と外国に行くからだ。おれが泥沼の中であがいているのに。おれは、おまえに突き落とされた泥沼の中で、ずっとあがいてる。恋愛ひとつ満足に運べない。女性とセックスも出来ない」

理玖は仁を睨みつけた。

「おまえのせいだ。おまえのせいで、おれはこの先、一生こんな人生をすごさなきゃならない。おまえは、そのうちおれのことなど簡単に忘れてしまって、結婚して、子供を作り、家族を持つ。これでいったい、どうしておれがおまえを憎んじゃいけないわけがあるっていうんだ？　おれがこの土気色《つちけいろ》の自分の人生を、どう放棄して誰にくれてやろうが、おまえの知ったことじゃないはずだ」

仁は、理玖の冷ややかな能弁を、圧倒された顔で聞いていた。そして、卒業式会場にまぎれ込んでしまった新郎のように、場違いな空気に戸惑いながら、疑問を投げかけた。

「……彼女って、誰のこと言ってるんだ？」

「ラグビー部のマネージャーの子だ」

ああ……と呟くように声を洩らし、眼をそらした。

「まあ、違う――とは、言いきれないが……」

もそもそと言葉を濁《にご》す。

「だが、一緒に外国へ、っていうのはなんの話だ？」

「だから、留学するんだろ、あのマネージャーと一緒に」

「秋からの留学のこと、どうしておまえ知ってんだ？　──いや、そんなことはいいんだが、どっからそういう話になってるんだ？　うちの大学からもうひとりいくのは、比較人類学科の女子学生だぜ。留学に際しての向こうの窓口が同じなんで、同じセミナー・ハウスを紹介されて、ふたりともそこの部屋を借りることにはなってるが、別に一緒に行こうと彼女と約束したわけじゃない。留学っていったって、おれは地域リーグの練習に参加しに行くんだし。それに、そもそもおれは彼女とは面識《めんしき》がない」

「……ほんとか？」

「ああ」

「でも、マネージャーと付き合ってるのは事実なんだろ？」

と、理玖は伏し眼がちに言った。

「付き合ってるっていっても……」

うーん、と体裁《ていさい》の悪い顔で仁は太い首の後ろに手をかけた。

「ただの友人だよ」

「部屋に出入りして、掃除したり、風呂に入ったりする女の子は、友だちとは言わないんじゃないか。普通、恋人だろう」

「そうじゃない」

「出入りはしてるけど、なにもないっていうのか？」

困った顔で仁は呟く。

「なんにもしてない、ってこともないんだけどもだ……」

「することしといて、なにが違うって言い張るんだ、おまえは」

理玖は冷たい眼を向ける。

眉をしかめながら、仁はしきりと首をこすった。

「だからって、恋人じゃないし、まして結婚なんて」

「いいさ。別に、おまえがおれに言い訳する必要はない」

不機嫌に理玖はそう言った。

「だから、そういうんじゃないんだって。おれは、彼女にそういう仄《ほの》めかしは一切してないし、向こうからも真剣な交際をしてくれと切り出されたことはないんだ。特別の女を作る気はないと、おれは初めに断わってある。セックスしてるのは、割り切った付き合いでいいと彼女も納得してるからさ」

「馬鹿じゃないのか、おまえ」

理玖は冷たい声で、罵《ののし》った。

「女の気持ちの解らない奴」

「なんだよ。おまえこそ、男の気持ちの解らない奴じゃないかよ」

不満げに仁は言い返した。

「平然とした顔で、おふくろとアパートに来やがって。おれがどれほど気を遣っておまえと顔を合わさないようにしてきたと思ってる。それを、平気な顔して現われて、平気な眼つきで部屋ン中見て帰って。おまえはおれのことなど、とっくにどうでもよくなってたんだとおもったら、あの日は腹が立ってしばらく寝られなかった」

びっくりして理玖は、まじまじと仁を見た。

「おまえだって——おまえだって、おれのことを見て、迷惑そうな顔をしたじゃないか」

「迷惑な顔なんかするもんか。いきなりおまえが現われたから愕《おどろ》いただけだ。おふくろに頼まれたんだろうが、まさか、頼まれたからっておれの所へ来るとは思わなかった。二度とおれの顔は見たくないはずだろう。それとも……」

声に期待を滲ませて、熱のこもった眼で仁は理玖を見つめた。

「それとも、あの時ほどには、もうおれを憎んでないのか？」

畳に手を突き、膝でにじり寄った。

理玖は肩に力を入れ、身を強張らせた。

それを見て仁は、それ以上近づくのをやめた。

「やっぱり、許せないか…？」

理玖は、布団の上でギュッと拳を握りしめた。

「——おれがおまえの口から聞きたかったのは、どうしてあんなことをしたのかだ……」

「おまえがほしかったからだ。だから抱いた。それだけだ」

カッとなって、理玖は弾かれたように顔を上げた。

「それだけだと？　おれの気持ちはどうでもいいのかっ。自分さえよければ、おれがどう傷ついてもそれでいいのかっ」

「どうせおまえは、おれのものにはならなかった」

残酷な匂いをさせて仁は冷静に言った。

「そのうち好きな女を見つけて、それこそ結婚して、家族を作る。このまま指を咥えて誰かのものになるのを見てなきゃならないのなら、軀だけでも好きにすることにした」

きつく唇を嚙みしめ、理玖は仁を睨み据えた。

「勝手なのは百も承知だ。おまえがほしかった。手に入れられないと解っていたが、ずっとおまえがほしかった。おまえの全部——肉も、視線も、笑い顔も、セックスも、全部おれのものにしたかった。おまえを傷つけてもいいから、一時だけでもおれのものにしたかったんだ」

「最低だ、おまえ……」

「解ってる。おれは最低な男だ。おまえが、見えるはずのないものが見えるんだと怖がってた時も、おれはどうしてやることも出来なかった。あれは葬式の夜だったな。ここの屋根の上で、おまえ、おれにだけ打ち明けてくれたよな。だがおれは、なんの力にもなってやれなかった。涼子に怯えるおまえの恐怖をなくしてやることも、おまえの苦しみを肩代わりしてやることも、なにひとつしてやれなかった。大事な人間の、なんの助けにもなってやれない、おれは無力で、最低な男だ」

「だからなんだっていうんだ」

「理玖……」

「おれになにを言ってほしいんだ？　ええ？　あの頃、おれがどう思ってたか、話せっていうのか？」

きついまなざしで仁を睨みつけている理玖は、辛辣《しんらつ》な口調で言葉を叩きつけた。

「そんなことは言ってない」

「いいさ。聞かせてやるよ。教えてやる。おまえはな、おれの不安を支えてくれた。心を楽にしてくれた。おまえの言葉で、あの時のおれは救われた思いがしたんだ。どうだっ、解ったかっ」

一歩で仁は布団に乗り上げた。両手はすでに理玖の肩をがっしりと摑んでいる。

「――おれを許してくれるのか」

理玖は肩にのった手を払いのけようとしたが、右も左もそれはびくともしなかった。

「理玖」

「……おまえのした行為が許せないんじゃない。弁解しなかったことを怒ってるんだ」

肩に置いた両手を仁はゆっくりと滑らせ、理玖の腕を撫で下ろした。そして左手をそっと持ち上げると、その包帯の上に唇を押し当てた。

「同じ場所に怪我してるな、おれたち……」

低く仁が呟いた。

指を摑んでてのひらを上向けさせ、手首から肘に向かって、口づけを落とし、辿《たど》り上がっていく。肌をこする熱い唇が二の腕のやわらかい内側に触れても、理玖はじっとしていた。

「……もう一度、やり直させてくれるか」

肩口に吸いついた唇が、囁きをこぼす。

「あの夜のところから、もう一度やり直させてくれ……」

深く口づけられ、軀から力を抜いて理玖は全身を仁にゆだねた。顎を押さえつけられ、唇を、舌を貪《むさぼ》られ、唾液をすすられる。その手がいつの間にか理玖を半裸にして、尾骨《びこつ》のあたりを撫でていた。

太い指が谷間の深い部分に触れ、そこからもぐり込む。身をすくませる理玖をなだめるように口づけがより一層情熱的になった。秘めた部分を太い指にまさぐられる恥ずかしさを、理玖は、口づけがもたらす愉悦《ゆえつ》に逃げ込むことで意識しまいとした。

「久しぶりだから、きついだろうが……」

我慢しろ、と囁かれて、愕くほどの熱さがあてがわれた。忘れていた圧迫感と、信じられない大きさが、ゆっくりとめり込んでくる。

自分の中に入りたがって固く猛《たけ》りたっているもの。理玖は、痛みと驚愕をこらえて仁にしがみつきながら、そのあからさまに顕示《けんじ》された性欲に、眩暈のような恍惚《こうこつ》を覚える。

仁が動くと、こすり立てられる生々しい感覚が脳髄《のうずい》を直撃し、怯えるように理玖は唇を震わせた。仁の熱い欲望を奥まで受け入れる。その射精行為のために自分の尻が使われる。そんなことが快感につながるなどということが、以前の彼ならいったいどうやって想像出来ただろうか。

武骨な指に自《みず》らを握られ、何度か抜き差しされただけで、鋭い刺激が軀の芯を電流のように貫《つらぬ》き、理玖は仁の手をうすい液体で濡らした。

まだ終わっていない仁は、そのまま理玖を突き上げた。大きく腰を使われているうちに、また理玖も昂まっていく。真っ赤にほてった顔をシーツに押しつけ、正気ならば聞くに耐えない恥ずかしい声を上げ続けた。

「あっ……やっ…やっ…」

仁は動きをとめて、そのまま理玖の軀を反転させた。

いい。

「ああっ、そんな…っ」

動きで仁は外れたが、引き攣《つ》れる強い刺激にさらされ、理玖はひとりまた達した。

抜かれたあとが痺《しび》れて、妙な感覚だった。そこへまた固いものが押し入ってきた。

じわじわと押し寄せ、甦る快感に、理玖は手放しで声を出した。膝裏を摑んで持ち上げられ、容赦のない抽挿《ちゅうそう》を受ける。腰が砕《くだ》けるような、せつなさがたまらない。たまらなくいい。

「あぁ…っ、あっ……仁っ、仁…っ」

躯の奥深くで動かれ、頑丈《がんじょう》な男にいいようにされる。抑《おさ》えられずに、声が出てしまう。

セックスがこんなに感じるなんて……。

以前は喜びなど二の次だった。けれど、いまは、仁の唇も、胸板も、太い腕も、性器も、こんなにいい。

頭上で仁が熱い呼吸を弾ませている。汗が顎《あご》の方へ流れ、うすく開いた唇から、歯並びのいい白い歯がのぞいている。

潤《うる》んだ眼で理玖が見上げていると、褐色の顔が下りてきて、口づけられた。強靱《きょうじん》に揺すりたてられながらなので、たちまち呼吸が苦しくなる。息苦しさから逃れようと、理玖は首をよじった。すると、仁の歯は彼の下唇を嚙み、それでようやく自由にしてくれた。

力強く抜き差しされ、こすりたてられる尻がせつない。紅潮《こうちょう》した頬にさらに血がのぼる。また戦慄《せんりつ》が腰を這《は》いのぼってきて、理玖の眼から涙をあふれさせた。

ぞくぞくと震えが走り、理玖はきつく眼を閉じると、歓喜にそなえて唇を開いた。


蒸し暑く、けだるい夕方の住宅街に、物干《ものほ》し竿《ざお》を売るテープの声が、のんびりと響いている。

理玖と仁は、台所のテーブルで枝豆の莢《さや》をむしっていた。

「こんなの数馬に手伝わせろよ」

退屈顔で仁は不平を言った。

「おまえがいるから、母屋に来ないんだよ。どうもそれほど苦手らしい」

仁は鼻を鳴らした。

「おじさんは、とうとうお盆の三日間、休みなしで働き詰めだったな」

「その分、明日から八月いっぱい、休暇をとるらしい。おふくろがそろそろ退院だから、しばらくは一緒にいてやれるよう、盆休みを返上したんだとさ」

「今夜の灯籠流《とうろうなが》し、おまえも行くだろ？」

「日が暮れても外は暑いからな」

「じゃあ、九時頃にでもするか?」

「まだ暑い」

「それじゃおまえは家にいろよ。おれはひとりで行ってくるから」

「こうしないか——それより、おれの部屋のベッドに行こうぜ」

「暑さは言い訳で、それが本音か」

理玖はあきれて、眉をしかめた。

「おまえ、はりきりすぎだ」

「おれはこれで通常モードなんだよ」

理玖はこの家にある一番大きな鍋に水を満たすと、枝豆を茹《ゆ》でる湯を沸《わ》かしはじめた。

夕暮れの迫る庭先で、蟬のか細い最後の声が聞こえている。

「理玖——あれから、涼子の幽霊、出たか?」

「いいや」

流しで莢を軽く水洗いする理玖の背中が答えた。

「あれな、おまえが見ようと思うから見えるんじゃないのか」

「どういう意味だ、それ」

「おまえがそのことを考えてばかりいるから、思いつめているから、ソレは〝形〟になるんじゃないのか。涼子は——いないんだぞ。もうどこにもいないんだ。おまえに涼子が見えるのは、おまえ自身がそれに形を与えているからだ。おまえの恐怖が、実像を結んでるんだ。そいつは、おまえが弱気をみせると、つけいってくる。だったら、おまえ次第だ。おまえさえ強く自分を保っていれば、大丈夫だ。弱気になるな。ガツンとメンチ切ってやるくらいの態度で出ろ。いつまでも怖がってるつもりなのか？　ずっと怯えているつもりなのか？」

理玖は流しに寄りかかって腕組みをすると、尊大に仁を見やった。

「おまえがおれを見捨てようとした事はどうした。ずっとそばで睨みをきかせていてやると約束したのは誰だ」

痛いところを突かれて、仁は渋い顔になった。

「これからはそうするって。とりあえず、いまからおれの部屋で、ってのはどうだ」

「やだね。おれは出かけてくるから」

「どこ行くんだ？」

「晩メシの買い物」

「おれも行こう」

「いいよ。おまえは鍋を見ててくれ。数馬を連れていくから」

その名を聞いて、仁は不愉快げに眉をしかめた。

「あの坊ず、おれを見るとそそくさと隠れやがる」

「それだけ苦手なんだよ」

笑って理玖は台所をあとにした。

暗闇の下りてきた庭で、常夜灯がひとつ、ふたつ、灯《とも》った。

離れでは、数馬が手持ちぶさたな顔でテレビを見ていた。

「あっちで一緒に見たらどうだ」

理玖が声をかけると、

「だって、あの人いるしー」

と唇をとがらせた。

「ねえ、理玖さん。あの人、いつまでいるの。自分のアパートに帰んないじゃん」

理玖はソファの前に立った。

「おいで」

ここ半月《はんつき》ばかり、ずっとそこに座っていた少女に手を差し伸べる。

「今日は帰る日だよ」

数馬が立ち上がって、彼に尋ねた。

「どこ行くの、理玖さん」

「おまえも来るか？」

「うん」

少女の手を引き、庭を横ぎって門へ向かうと、母屋の玄関先に立っている仁と眼が合った。理玖はそれにちらっと微笑みかけた。

家の前の通りに出てから、少女を背負った。

「数馬、灯籠に火をつけてくれ」

明かりを入れた灯籠を数馬は前方の闇にかざした。

向こうの大通りには、川へ向かう人々の列が出来ていた。手に手に小さい灯籠を持ち、ちらちらとしたその灯りが、提灯《ちょうちん》の行列のように続いている。

数馬の持った灯籠がぼんやり照らす夜道を、理玖は少女を背負って、その行列に加わるべくゆっくりと歩いた。

「なあ、数馬」

「うん？」

「おまえもそろそろ、どうするか決めないとな」

「え？　なにを？」

「数馬、おまえは、この世のものじゃないんだ」

理玖の顔を見たまま、数馬はぽかんとした。灯籠の黄色い光が下からその顔を淡く照らし出す。

「……なに言ってんの、理玖さん」

「一ヶ月前、そこの大通りの角で、おまえはバイクとぶつかって、意識不明になったんだ」

「へんなこと言わないでよ。はは……、やだな理玖さん、どうしちゃったのさ」

自然とうわずってしまう声を数馬は無理に明るく張り上げた。

「離れの出窓に、おれはいつも水をふたつ置くだろう。あれは、ひとつはこの女の子のためで、もうひとつは、おまえのためだ」

「――そんなの変だよっ、おかしいよっ……だって、おれ、腹もへるし、フロだって入るし、コンビニで理玖さんの煙草も買ったし、死んでたらそんなこと出来ないよ、おれ死んでるわけないよぉっ……」

言い張る青年に、理玖は淡々と話す。

「まだ死んではいない。おれ以外の人間にも見えるからな。本当に死霊なら、仁にも誰にも見えないはずだ。おまえは、いまも桜ヶ丘の市立病院に入院している。自力呼吸はしてるが、一度も眼を覚ましていない。おまえのお母さんが、いつもそばについている。そばにいて、おまえが眼を覚ますのを信じて、待っている」

その時初めて、数馬は愕然と立ちつくした。

「思い出したか？」

「……でも……でも……おれ、テレビだって見るし、ケーキも食うし……ようかんだって……西瓜だって……」

声をつまらせ、ぼろぼろと泣き出した。

理玖は、やさしい声で慰めた。

「なにもいますぐとは言ってない。もうしばらく、うちにいればいいさ。そのうちおまえも、どこへ行くべきか、自分で解る時が来るだろう。それまではおれのところにいるといい。解るまで、うちにいればいい」

泣きながら、数馬はこくこくと頷いた。

とっぷり暗くなった道を、川を目指して理玖はまた歩き出した。背中の少女は、じっと虚空《こくう》を見つめている。数馬は、理玖のシャツの裾を迷子のように握り摑んで、泣きべそ顔でついていった。

雲が動くと、空に盂蘭《ウル》盆《バン》会の月がかかっていた。

猫の眼のような黄色い月は、理玖たちの後ろを、どこまでもずっとついてきた。

死者の肖像

「これは猪原《いのはら》さんにお願い」

菓子折りがひとつ、積《つ》み重《かさ》なる。

「こっちは鹿内《しかない》さんの奥様に」

もうひとつ。

「これは、えーと……そうそう」

さらに、もうひとつ。

「お父さんの会社の蝶野《ちょうの》さんのお宅へ」

それから苑子《そのこ》は足許の手さげ袋を近くに引き寄せた。

「これに、お琴《こと》の柳《やなぎ》先生と、踊りの桐島《きりしま》先生の分——全部で十二個。理玖《りく》ちゃん、こんなにたくさん大丈夫？」

「まあ、なんとか……」

ずっしりした重みに両腕が痺《しび》れていくのを、虚勢《きょせい》をはって理玖はこらえた。

職業は銀細工師《ぎんざいくし》。職人とはいえ手先の技が肝心《かんじん》の仕事で、腕力にはそれほど自信がない。

「あ、ちょっと待っててねっ」

思い出したように声を跳《は》ね上げると、理玖を玄関先に置いて、苑子はばたばたと、白足袋《しろたび》の裏を見せて廊下《ろうか》を奥へ走っていった。

小さく吐息《といき》を吐《つ》いて、理玖は膝《ひざ》を使って荷物を抱え直した。

師走《しわす》、半ば過ぎ。

沢木《さわき》家は例年通り、年末に向けあわただしい日々が続いていた。

苑子は、年始のはれの舞台に向け、習い事の琴と踊りの稽古《けいこ》に熱を入れ、同時に毎年続けている地域の歳末ボランティアに精を出しつつ、合間を縫《ぬ》って、年越しの準備に追われている。

叔父《おじ》の弘三《こうぞう》は、こちらも暮れに向けて連日残業だ。

理玖の役目は、苑子の送り迎え、付け届けの配達、その他の雑用といった、使い走りだ。

彼の仕事はクリスマス・シーズン前にピークが来る。クリスマス景気に合わせて商品を供給すれば、そのあとは、どっちかといえば暇《ひま》だ。

秋に取得したばかりの運転免許がフル稼働《かどう》している。きょうも車庫の出入りを三度繰り返していた。

青いビニール紐《ひも》の付いた発泡《はっぽう》スチロールの箱を手に、また急いで苑子が戻って来た。和服にたすき掛けの恰好《かっこう》とあいまって、借り物競争に出場している小学生の母親のようだ。

「数馬《かずま》くんのお母さんのところへ寄って行くんでしょ？　これ、持っていって」

箱に貼《は》られた牡蛎《かき》の写真が、理玖の目線をトンと塞《ふさ》いだ。

「いただいたばかりでまだ新鮮《しんせん》だから。一応、保冷剤足《た》しておいたし」

「いいんですか？　おばさん好物なのに」

上腕筋《じょうわんきん》と腹筋の一部を使い、理玖は両腕の荷物を少し下げて、視界を確保した。

「いいのよ。向こう様もお好きだといいのだけど。きっとずいぶん心配してらっしゃるでしょうね」

四十前半には見えないふっくらしたみずみずしい頬《ほお》に、睫毛《まつげ》の影が憂《うれ》いとなって落ちる。

「病気だってこと、数馬くん、おうちのひとにまだ言ってないんでしょう？」

「一度電話しろ、とは言ったんですけどね」

理玖は嘘をついた。

家に電話しろなどと数馬に言ったことはない。

数馬は、家族に電話なんて出来ない。

「元気ならともかく、病気なんだから、年越しはおうちに帰ってすごすよう説得してみたら？」

「そうですね」

「ただのかぜにしては長すぎない？　もう一度病院に連れていってみた方がいいんじゃないかしら」

「ええ」

無難《ぶなん》に頷《うなず》いてみせ、理玖は話題を切り上げた。

「それじゃ、とにかく、行ってきます」

「お願いね。運転、気をつけてね」

門の前に停めてある赤いローバー・ミニに一旦《いったん》荷物を運び込み、引き返して残りの手さげ袋を助手席にのせた。

それから再び門をくぐって、庭を通って離れの工房へと向かった。

庭木の半分はすっかり葉が落ち、すっかり冬の装《よそお》いだ。苔《こけ》におおわれた小道の足許を南天《なんてん》の赤い実が鮮《あざ》やかに彩《いろど》っていた。

理玖はコートを着たまま工房の奥まで入っていった。

この離れは、理玖の仕事場兼寝室になっている。

銀製品であれば、特注で万年筆《まんねんひつ》からライター・ケース、置時計まで製作するが、主力商品がリングやチェーンといった装飾品のため、工房自体にそれほど広い空間は必要ない。

そのすぐ奥に、ふだん理玖が寝起きしている部屋がある。

ここしばらく、そこでは数馬が伏《ふ》せっている。

理玖は母屋《おもや》に移り、高校生時分まで使っていた、元々はいとこの仁《じん》の部屋だった二階の個室で寝起きしている。

押しかけ弟子《でし》の十九歳の若者、榎田《えのきだ》数馬は、夏が終わるあたりからめっきり元気がなくなっていった。

しばらくだるそうにしていたが、とうとう床《とこ》に着いてしまい、一旦寝込むと、今度はなかなか起き上がれない状態になってしまった。

「数馬、起きてるか……？」

声をかけると、弱々しく眼が開いた。

「……理玖さん」

カーテンはきっちりと閉められ、冬の陽はベッドまでも届かず、部屋の三分の一あたりの床の上で、がまん強くじっとうずくまっている。

「喉《のど》、渇《かわ》いてないか？」

水差しを手に取ると、数馬の頭が枕の上で否定にゆらりと揺れた。

「……いい」

理玖は撫《な》でるように数馬の額《ひたい》に触れ、穏《おだ》やかな物言いで囁《ささや》いた。

「なにか食いたい物、あるか。あったらあとで持って来てやるぞ」

「……食欲、ない」

苑子へは病院へ連れていったことにしてあるが、無論、医者の診察は受けていない。受けたとして、状態が改善されるわけもなかった。

なぜなら、ここにいる数馬は、この世のものではないからだ。

そのことを、理玖のほかは誰も知らない。

「なにか食ったほうがいいかもしれないぞ……？」

「いいよ……ほしくないし……」

実体ではない相手に食事をした方がいいもないものだが、実際、数馬は元気だった時は、あきれるほど大食らいだった。

市民病院で昏睡《こんすい》状態のまま点滴を受けている本体をよそに、実によく食べた。

「……どっか出かけるの？」

こけた頬が黄土色《おうどいろ》だ。

「夕方までには戻る。たこ焼き、買ってきてやろうか」

乾《かわ》いた唇がかすかにうごめいた。微笑《ほほえ》む気力もない。

「……お母さんに、なにか伝言あるか？」

返答の代わりに、静かに瞼《まぶた》が閉じた。

着ているのは理玖のパジャマだ。袖口《そでぐち》から、庭の冬枯《が》れした枝のような痩《や》せた腕がのぞいている。

眠ったのか、数馬はそれきり眼を開けなかった。

生きる力がなくなりかけている。

理玖は、陰鬱《いんうつ》な面持《おもも》ちで車まで戻った。

シートベルトに手をかけていると、母屋の方から叔母の声がした。

「理玖ちゃん…っ」

門に続く石畳の途中まで走り出て来て、彼に手を振り合図していた。

「電話よ、鎌倉《かまくら》の蕗子《ふきこ》ちゃんから！」

理玖は締めかけたベルトを外して、車を降りた。

「理玖、これから会えない？」

蕗ちゃん、久しぶりだね……と言いかける理玖の声を遮《さえぎ》って、蕗子は続けた。

「出来れば車で来てほしいんだけど。出来ればすぐに」

出来れば、は明らかに単なる飾《かざ》り言葉になっている。

いつもしゃきしゃきした態度物言いの蕗子ではあるが、なにか焦《あせ》っている様子が声からも伝わってきた。

「なにか急用？　あいにく、これからいくつか片付けなきゃならない用事が……」

「そのあとでいいから」

「あとでいいの？　それじゃ、そうだな、夕方の……」

「あとでいいから、とりあえずその前に、私をピックアップしてちょうだい」

『あと』と言いながら『先』を要求するいささか横柄《おうへい》な声が、あわただしくいまいる駅前の場所を告げた。

ちょうど、市民病院の帰路《きろ》にまっすぐ寄れる位置関係だった。

「いいよ。ただし、三十分だけ待ってくれ。病院に行かなきゃならないんだ」

病院という単語をわざと強調して言った。

「誰か、具合でも悪いの？」

さすがににごり押しが撓《たわ》んだ。

「いや、友人の見舞い。うちは大丈夫」

「そう。うちは、父親が倒れたの。心筋梗塞《しんきんこうそく》」

「えっ!? ほんとかいっ？」

「芝居《しばい》だけどね。いま重病の仮病《けびょう》中」

醒《さ》めた口調がそう言って、

「じゃ、きっちり三十分後ね。遅れないでよ」

と念を押して、切れた。

「蕗子ちゃん、なんの用だったの？ 声がふだんよりとってても怖かったけど、あちらでなにかあったの？」

心配してそばに佇《たたず》んでいた苑子が、受話器を握ったままぽかんと立っている理玖に、そっと声をかけて寄こした。

うーん、と理玖は低くうなった。

沢木蕗子は、理玖の父方のいとこである。

理玖の父の実家である鎌倉の沢木家は、祖母の芙結《ふゆ》と、伯父の家族が暮らしている。

伯父夫婦には子供がふたりいるが、蕗子の兄の鴻一《こういち》は、アメリカの大学に進んだまま、以来帰国していない。

理玖は、三つ年上の蕗子とは子供のころからわりと仲がよかったが、鴻一とはほとんど口をきいたことがなかった。

鴻一は、なぜか理玖に対して昔から冷たかった。

理由はまったく不明だった。嫌われているとだけ、解るのみだった。

「おばあさんや伯父さんたちは、別にどうもしてないみたいですよ」

病人が病気を装ったら、仮病とは言わないだろう、と理玖は自分で答えを出した。

「蕗ちゃんひとり、焦ってるみたいでしたけど……。ま、よく聞いてきますよ」

「蕗ちゃんって、ちょっと変わってると思わない、理玖ちゃん。鎌倉のお宅の方は芙結さんをはじめ、みんな落ち着いた、しっかりした印象のある方ばかりなのに、蕗ちゃんだけは、昔から妙に浮いてないこと？」

そうですねえ……と、理玖は言葉を濁《にご》した。

蕗子が聞いたら、「その言葉、そっくりそのまま苑子おばさんにお返ししますわ」と、即《そく》座《ざ》に言い返すだろうと思った。


荷物を急いで宅配便に持ち込み、花を買い、理玖はすっかり馴染《なじ》んでしまった入院病棟の廊下を曲がってそっと病室に足を踏み入れた。

ノックはいつもしない。

病室は静かだ。

いつ来ても静かすぎるほど静かだった。

きれいに整えられたベッドの傍《かたわ》らに、数馬の母親が小さく肩を丸めて座っていた。

「失礼します」

理玖の小声に振り向き、微笑んで、そっと立ち上がった。そっと。

その微笑みも、動作までもが静謐《せいひつ》だ。

この部屋にいるとそうなるのか。

なにひとつ動くもののないこの部屋にいると。

数馬が、ベッドに横たわっている。胸の上下はとてもかすかだ。注意してみないと、息をしているかどうかも解らないくらいに。

頭の包帯《ほうたい》もとうに取れて、外傷らしい外傷もなく、ただ普通に眠っているように見える。吊《つ》るされた点滴と、それと軀《からだ》をつなぐ太い管さえなければ。

「いつもありがとうございます」

「いいえ。ああ……生《なま》もの、持って来てしまってすみません」

深々と頭を下げられ、恐縮《きょうしゅく》しつつ小声で理玖は詫《わ》びた。

「きょうは、ご自宅へ帰られますか？」

「では、せっかくいただいた品をだいなしにしてしまわないために、きょうは帰りましょうか」

そう言って、笑みを表情に浮かべた。浮かんだのではない。浮かべようと顔の筋肉を動かした。

「このあいだ帰ったのはいつなんですか…？」

「家に戻っても、ここが気になってしまうだけだから……だからって、ここにいても、なぁんにも起こりゃしないんですけどね。解っちゃいるんですけどね。それもまた……なんだか、滑稽《こっけい》でしょう？」

数馬の母は小さな自宅の一階で小料理屋をやっている。母親は仕込みをすませて病院へ来る。今年の春に高校を退学して家を出ていった十八歳の妹が、数馬の事故のあと家に戻って来て、母親に代わって店を切り盛《も》りしている。三年前の離婚以来、父親とは会っていないと以前数馬は言っていた。

「滑稽なら、笑いましょう」

そっと理玖は言った。

「笑うのが自然だ。ずっと張《は》り詰《つ》めていたら、お母さんの方が保《も》ちませんよ。軀を壊したら、数馬が目覚めた時、悲しむじゃありませんか」

「先生も、そういうこと、言ってましたよ。ええ。気長に待つくらいの心積もりでいた方がいいって。その方が、数馬が起きたら、元気な顔を見せてやれるって――」

不意に顔を背《そむ》けた。

毛先の傷《いた》んだ茶色い髪に隠された大きく引き歪《ゆが》んだ顔を、理玖は見なかったふりをした。

ベッドの上の数馬は、行儀《ぎょうぎ》のいいおとなしい新入生のように姿勢よく仰臥《ぎょうが》している。

理玖の部屋で彼のパジャマを着て横たわっている数馬の姿は、貧相《ひんそう》で、残酷《ざんこく》で、容赦《ようしゃ》ないというのに。

なのに、ここにいる実際の数馬の肉体は、事故に合う前の数馬とほとんど変わりがない。

度を越してやつれてもいなければ、冷徹《れいてつ》な死の影も差していない。ただ少し生気《せいき》がなくて、疲れて眠っているように見えるだけだ。

生身の肉体よりも、意識体の方がはるかに痩せ衰《おとろ》え、生物的に傷んでいる。

「半年を越えるようだと、転院になるらしいんです」

息子の顔をじっと見つめたまま、母親が呟いた。

「療養型の病院へ移らなきゃならないとか……」

「そうですか……」

「遠いらしくてね、移るなら、引っ越さないと……」

病室の静けさがまた際立《きわだ》った。

暇《いとま》を告げた理玖を廊下へ送り出た数馬の母は、理玖の手を取って握りしめそうな真剣さで別れの挨拶《あいさつ》をした。

「どうぞまた来てやって下さい。待っていてくれる人がひとりでも多いほど、あの子が帰って来るような気がするんです」

理玖が頭を下げると、今度は一時《いっとき》でもそばを離れた隙《すき》に、息子の身になにか少しでも変化が起こったのではないか、それを見過ごすのではないかと恐れる足取りで、早足で病室へ戻っていった。

蕗子は白いコートを着ていた。

繊維《せんい》を毛羽立《けばだ》たせた、やわらかそうなコートだ。

背が高く、理玖と変わらない。学生時代ずっとバレーボールをやっていたせいなのか、立派な肩幅を持っていた。

まっすぐ前を向いて、すっくと街角に立っていた。白くすらりとしたその姿は、冬の街でとても目立っていた。

「四十八分」

理玖が車を横付けすると、開口《かいこう》一番そう言った。

「十八分の遅刻よ」

そして助手席のドアを開け、シートの上の紙袋に少し眉《まゆ》をひそめた。

「これなに」

「苑子おばさんからの頼まれ物。お琴と踊りの先生への付け届け」

理玖も時々、発表会で著名人に紹介してもらったり、帯留《おびど》めの注文をもらうなど、目をかけてもらっていた。ほかはすべて発送し終えたが、このふたつだけ残してあった。ふたりの先生とも、同じ市内だ。気持ちばかりも礼をつくして、直接伺《うかが》う心積もりだった。

「後回しにしてね。私の用事を先にお願い」

紙袋をいささかがさつに後ろのシートへ移すと、その白い仔山羊《こやぎ》のような腰を落ち着けた。

「蕗ちゃん」

「なに？」

「よくひとに言われないか？　自己中心的だって」

蕗子は、冷静沈着な詐欺師《さぎし》か百戦錬磨《ひゃくせんれんま》の勝負師のような、二十五のその齢《とし》には見合わない笑みを口端にひっかけ、鼻先で笑ってみせた。

「自分がかわいくない奴に、他人なんか愛せるわけないわ」

夏に苑子が胃痙攣《けいれん》で入院した時は、盛夏《せいか》のせいか、髪を団子《だんご》にまとめて見舞いに来た。きょうは長い髪を振り下げのおさげに結《ゆ》っている。

理玖はその髪型に涼子《りょうこ》を思い出し、すぐに視線をそらせて言った。

「名言だね。あいかわらず、男前だなあ」

「惚《ほ》れても無駄よ」

にこりともせず蕗子は言った。

「あんたと私じゃ、血が濃すぎるもの」

理玖と蕗子は、二重に血が繋《つな》がっている。父親同士が兄弟な上に、出自《しゅつじ》を遡《さかのぼ》ると、数代前でも互いの家族が婚姻《こんいん》を結んでいる。

「蕗ちゃん、用事ってなんだい？　先にちょっとそのお歳暮《せいぼ》、届けてきちゃってもいいかな。それがすんだらきょうはもうフリーだからさ、あとはいくらでもお嬢さまの僕《しもべ》となって——」

そこで理玖はいきなりブレーキを踏んだ。

「——思い出した……」

「な、なにっ？　なにを思い出したってのっ？　いまアタシ、死んだと思ったわよ。前のタクシーのお客の、驚愕《きょうがく》に引き攣《つ》った顔の皺《しわ》の奥の毛穴まで、はっきりと見えたわ！」

「いけない、すっかり忘れてた」

「だからなにを？」

「きょう、仁が帰って来るんだった」

うわっ……と呟いて、理玖は額に片手を当てた。

「空港に迎えに行かなきゃならなかったんだよ、おれ」

「仁って、イギリスの大学に留学したんだっけ」

「ラグビーの腕を磨《みが》きに。大学の方は休学扱いだ」

時計の針に眼をやった。

「ぎりぎりだ。危なかった……」

「じゃあ、私は超ラッキーってとこね」

そう言って蕗子は、乱れた前髪を耳の脇に撫でつけた。

「私の頼みっていうのも、空港行きなの。うちの兄貴も、きょう成田《なりた》に着くのよ」

さも億劫《おっくう》そうな溜息《ためいき》をついて、シートに凭れた。

「だから、迎えに行くのに連れていってもらいたかったわけ」

「鴻一さん、帰って来たんだ。へえ」

理玖は用心深く車を流れに戻した。

「帰国させたのよ。父さんに心筋梗塞になってもらってね。誰かの葬式か危篤《きとく》じゃないと、帰って来ないから」

「あのまじめな鵜介《ほうすけ》おじさんが、目的はともかく、よくそんな芝居承知したね」

「父さんは知らないの。おばあさんと私が練《ね》った計画。なにが、財産放棄《ほうき》よ。いやなことは全部妹の私に押しつけて、国外逃亡しただけじゃないよ。母さんは兄さんには昔からなにも言えない人だし。私の意見と意思は、誰がどこでどう配慮《はいりょ》してくれるわけ？　ったく、ふざけてるわ」

ボストンの大学を出、MBAを取った鴻一は、現在は株のトレーダーとして、「あぶく銭《ぜに》を稼《かせ》いでいる」――とは蕗子の寸評だ。

若い時から頭のきれる青年で、伯父譲《ゆず》りの指導力と冷静さが身に備《そな》わっていた。

祖母の芙結と折り合いが悪く、高校を終えると、家督《かとく》と財産相続の権利放棄を宣言する早熟《そうじゅく》さで、単身アメリカへ渡ってしまった。理玖が鴻一に最後に会ったのは、婿《むこ》養子だった芙結の夫が病死した、八年前の葬式の席だ。

「おばあさんとやり合ったのだって、どこまで本気だったんだかあやしいわ。演技じゃないのかって気が、時々してたもの。兄さん、そのくらいの根回しは造作《ぞうさ》もなくする人よ」

「蕗ちゃん、おじさんの旅館、引き継《つ》ぐ気ないんだ」

「零細《れいさい》であれ中小であれ、私が経営に向いてると思う?」

理玖は声を立てて笑った。

「思わない」

「でしょ?」

「お婿さんもらうのは?」

「ぞぞぞっ、だわ。私には壮大な夢があるのよ。家になんか縛られてられないの。大きくはばたく未来があるのよ」

「そう言い続けて、留年何年目だっけ」

「刺すぞ、こらァ」

理玖は笑いを納《おさ》めながら、しみじみと呟いた。

「大変だな、蕗ちゃんも」

「他人事じゃないでしょ、理玖。おばあさん、あんたをうちに引き取ること、諦《あきら》めてなんかないわよ。本家には仁がいるのに、なんで理玖までも手に入れて……って。うかうか太《たい》平楽《へいらく》きめてると、そのうちどんでん返し食うから」

「そっちだって、鴻一さんがいるじゃないか。一応」

「ま、年寄りの考えることはよく解らないわね。そもそも、継ぐ継がないの時代じゃないってのに。理玖、あなた自身はどうしたいの？」

「おれは……単純だよ」

「どう単純？」

「苑子おばさんをがっかりさせたくない。させられない」

蕗子は、意地の悪いまなざしで理玖を見やった。

「なるほど、あんたの考え方が一番年寄りだわ」

到着のアナウンスもとうに終わり、すでに探し迷うような混雑もなくなっていた。

黒いリュックを片方の肩にだらりとかけた大柄な仁の姿は、遠くからでもすぐに眼についた。

「あいつ、あんなにデカかったっけ」

仁の太い腕を見て、思わず蕗子が感想を洩《も》らした。

一方、理玖の呟きは別だった。

「……最悪だ」

「なに？　彼と会いたくなかったの」

「いや、仁のことじゃなくて……」

仁の方でも理玖に気がついた。

ごつい右手をこめかみあたりまで上げて、だらしない敬礼《けいれい》の形に切って捨てる。

近づいて来ると、理玖の浮かぬ顔には気を回さず、軀に軽く触れようとした。が、その時、傍らにいる蕗子に眼をとめた。

「オス」

と、蕗子。

「久しぶりね」

仁の浅黒い顔の下で、わずかに表情が動いた。

「沢木の一族に待ち望まれるような帰国だったかな」

おもしろそうに蕗子を見つめる。

「歓迎ムードにはちょっと早いんじゃないか。まだたった四ヶ月しか留守にしてないんだが」

「違うわよ。私は別口の迎え。鴻一兄さんも、きょう帰国するの。さ、こっちがすんだら急ぐわよ、理玖。私は兄さんの右側を固めるから、あんた左をお願い。仁は後ろね。こりゃ心強いわ」

「なにも急ぐ必要はないだろ、蕗ちゃん。何時着《ちゃく》って言った？　アナウンス、聞こえたかい？　まだだろ？」

ぐいぐいと蕗子に手を引かれ、理玖は困惑する。

「甘いっ。出て来る間際《まぎわ》をとっ捕まえて、捕獲《ほかく》しなきゃ、逃げられる。万一、父さんに連絡でもつけられてごらんなさい。その足で、キャンセル・チケットで逆戻りよ」

「そんなまさか」

力なく笑う理玖を、蕗子は引きずるように到着ロビーを移動した。

理玖は、後ろからついて来る仁に向け、やれやれと肩をすくめた。

蕗子の予測は大正解だった。

予定よりひとつ早い便で到着した鴻一が、まさにその時刻、父鵜介の秘書と電話で話をしていた。

蕗子にとって幸運だったのは、その便が、悪天候のために大幅に到着時刻が遅れたことだった。

公衆電話の受話器を戻して振り返った鴻一は、ロビーの混雑のただ中で、腰に手をあて、ほぼ仁王立《におうだ》ちの蕗子と眼が合った。

理玖は、なにげなく蕗子のそばから離れ、無関係な人間の顔をしていようと努《つと》めた。

横に立つ仁の大きな手が、さりげなく理玖の腰に回された。

理玖は、離れようとするように少し横に動いた。

明らかな不満顔が、理玖を見下ろした。

「再会そうそう、つれないな、おまえ」

不機嫌な低い声にそう言われ、理玖は心もち眉をひそめて、顔を上げた。しかし、眼は仁を見返さず、微妙に視線をずらして、あさっての方向を見やる。

「どこ見てんだよ」

それがまた仁の不機嫌さを煽《あお》った。

他方、鴻一と蕗子の兄妹もまた、こちらは距離を置いて、睨《にら》み合っていた。

だがすぐに鴻一が、腕組みまでしている蕗子の様子に、顔を苦笑いに崩《くず》した。

「わざわざ出迎えか、蕗子。身内には冷たく辛辣《しんらつ》で手厳しいおまえが」

「それはうちの血筋。突き放してもドツキ合ってもなんとかなるから血の縁なんでしょ。刺しても死なないから刺す。逃がさないわよ、兄さん」

「ということは、親父の病気は案の定《じょう》でっちあげか。そんなことだろうと思ったよ」

「秘書殿はなんて言ってた？」

「社長の健康は社外秘事項で、面通《めんどお》しでもしてきちんと身元が確認出来ない相手以外には教えられません、とさ」

「あっぱれじゃない。従業員教育」

「家に電話しても誰も出ないのは、おまえの教育か？　それとも、ばあさんのか？」

「母さんには芝居を見に行ってもらったわ。あの人は嘘がまったくつけない人だから」

「おまえと揃《そろ》いで嘘がとってもお得意な、芙結ばあさんは居留守か？」

と、鴻一は皮肉たっぷりに訊き返した。

「おばあさんは、たぶん、家でひとりになるのが怖くて、どこかへ出かけたのよ。最近、うちの近所で不気味な出来事が続いてるから……」

「あのばあさんがひとりが怖いだって？」

はっ、と鴻一は嘲笑《あざわら》った。

「妖怪が妖怪を怖がるって奴だな」

「ほら、やっぱり辛辣なのは血筋じゃない」

さあ、と蕗子は歩みよって、がっちりと鴻一の腕を摑《つか》んだ。

「帰りましょうか、オニイサン。兄妹、いとこ、仲よくね」

「いとこ？」

蕗子はあたりを見回し、理玖に手を上げた。

鴻一の視線がそちらを追う。

横にそうして並ぶと、蕗子と鴻一はよく似ていた。細面《ほそおもて》の、造りがやや繊細《せんさい》な顔。切れ長の眼。くっきりした二重《ふたえ》。うすい唇と、意志の宿《やど》った顎《あご》。

顎に現われた我《が》の強さ以外、それらの印象は、理玖の外観にも共通のものだ。

四人の中で仁だけははっきりと系統が違った。その粗削《あらけず》りで精悍《せいかん》な風貌《ふうぼう》は、婿養子である父親の弘三から色濃く受け継いだものだ。

「理玖も一緒か……」

近寄って来るいとこたちを見つめる鴻一の顔が、不意に無表情になった。

「お久しぶりです、鴻一さん」

「――ああ」

理玖の挨拶を受けても、その無表情さは変わらなかった。

その表情で、理玖はいまだに自分が快《こころよ》く思われていないことを感じ、なぜなんだろう……

とまた改めて思った。

「いま、なにやってんの」

さも社交辞令《しゃこうじれい》というように訊いてきた。

「銀製品を扱ってます」

理玖は財布から名刺を抜いて、差し出した。

片手で受け取った鴻一は、さっと一瞥《いちべつ》し、

「ふうん、シルバー・スミスね……」

と、抑揚《よくよう》のない声で呟いただけだった。

一行は連れ立って駐車場へ向かった。

鍵を取り出す理玖の後方で、車を見た仁がしみじみと言った。

「ミニ。しかも赤」

理玖はうっすらと赤くなった。

「……苑子おばさんが選んだんだよ。かわいいって」

蕗子が仁を先に押しやるようにして、いっしょに後部座席に収まった。

なぜかむっつりと佇《たたず》んでいた鴻一が、気が進まない面持ちで助手席へ座った。

空港をあとにし、一路《いちろ》都心へ向かって走りながら、理玖は鴻一のコロンを意識した。

目の詰まった上質なウール・コートと、趣味のいいスーツ。磨きのかかった靴。完璧に揃えられた襟足《えりあし》。きれいに剃《そ》られ、なめらかな頬。

自分の職業や生活に引け目を感じたことなど理玖は一度もないが、世間的な眼を意識することはある。

そんな意識を絶対に持たないだろう人間、沢木仁の顔が急に見たくなって、理玖はバックミラーをのぞいた。

後部には、仁と蕗子が並んで座っている。

特別広いとは言えない車内。大柄な仁と、女性にしては肩幅のある方の蕗子では、ふたりのあいだに余分な空間などあるはずもない。

なのに、仁と蕗子に挟まれた恰好で、男が座っていた。

理玖はミラーからすばやく視線を外した。一瞬跳ね上がった心臓が、まだドクンと小さく踊っている。

さっき、空港ロビーで仁の脇にくっついていた男だった。その男が仁にぴったりと寄りそうように立っているのを見て、悪い予感はしていた。

ハンドルを固く握ったまま、理玖はもう一度鏡の中を見た。

男はやはり、仁と蕗子のあいだに座っていた。

まだ二十前ぐらいの、若い男だ。とても愉《たの》しげに仁と肩を組んでいる。

その明るい表情とは裏腹に、だが顔色は真っ青だ。胸許が白く、てらりと光って見える。

よく見ると、嘔吐物《おうとぶつ》の跡らしかった。

背後では、蕗子が理玖の車種選びについて話していた。

「養子の遠慮ってやつ？　流されてると、苑子おばさん、跡取り息子どっちも手放したくなくて、そのうち仁と結婚させられちゃうかもよ。「そうよ、あなたたちふたりが一緒になってくれれば、話は単純、一挙解決だわ！」とか、例の夢見る乙女の瞳をハート型に輝《かがや》かせたりして」

そう言って、自分で笑った。

だが、蕗子以外、なぜか誰も笑わなかった。

笑えない理由のある仁と理玖はともかく、鴻一も黙っていた。

愉しそうに仁と肩を組んでいた青い顔の男が、突然、口から大量のゲロを吐いた。

「――うわぁっ……！」

理玖が大声を上げた。

ほとんど同時に鴻一が派手に咳払《せきばら》いをはじめた。

びっくりした蕗子が難詰《なんきつ》するような声を出した。

「なに、どうしたのよ理玖。突然叫んだりしてっ」

「いや、その……ごめん……」

しどろもどろに理玖は謝った。

「なにか轢《ひ》いたのか？」

仁の動じない声。

「……いいや、大丈夫」

大丈夫、と自分に言い聞かせた。

「ときどき変な振る舞いするわよね、理玖は」

蕗子が昔の話をはじめる。

「子供の時も、みんなで神社で遊んでたら、社《やしろ》の中になんかいる、とか言い出したり。空《くう》想癖《そうへき》があるって小学校の担任に言われて、虚言症《きょげんしょう》みたいに白い眼で見られたり。でも、そういうとこ、苑子おばさんとは波長《はちょう》が合うのね、きっと」

咳をおさめた鴻一が煙草《たばこ》を咥《くわ》えた。

「兄さん、マナー悪いわね」

勝手に蕗子は決を取った。

「煙草吸わない人」

はーい、と自《みずか》ら手を挙げる。

「理玖も吸わないし、ラガーマンもそんなガンの塊《かたまり》、肺に吸い込もうとするとは思えないし、兄さんここじゃ明らかにマイノリティーよ」

「一本くらい吸わせろよ。時差ボケの相手に、帰国そうそう嫌煙権《けんえんけん》振りかざすなよ」

くさるように呟く横から、理玖が、いま思いついたように声を明るく張り上げた。

「ちょっとどこかでお茶でも飲んでいかないか。軽く腹ごしらえでも、どう?」

「遅くなっちゃうわ。鎌倉まで送ってくれるんでしょう、もちろん」

蕗子は当然のように要求した。

「いいよ。だから、まだ先は長いし、ここで少し休もう」

鴻一がぼそりと言った。

「熱いコーヒーが飲みたいな」

「きまりだ」

と言って理玖は、次にファミリー・レストランの看板が見えると、ためらうことなくウインカーを出した。


三人は禁煙席に案内された。

鴻一は、「外で吸ってくる」と、夕暮れの中へ出ていった。

女性従業員が水を運んできた。

「いらっしゃいませ」

「あれ……？」

テーブルを見て、蕗子が声をあげた。

水の入ったコップが、五つ。

「私たち、全員で四人ですけど？」

「もうひとり、いらっしゃいましたよね？」

「ええ、外で煙草吸ってます。彼をいれて、四人です」

「ですから、その人のほかに四人――あら…？」

言われて従業員は改めて席を見回した。

「入ってらした時は、たしかに五人いらしたのに……」

テーブルにひとつ多い水の染みを残して、彼女は首を傾《かし》げつつ、余分なコップを持って奥に戻った。

彼らが注文を終えても、なかなか鴻一は戻って来なかった。

「理玖、コーヒーだけ？」

「うん」

「お腹が空《す》いてたんじゃなかったの？」

「ああ……うん、でも、なんだか食べる気なくなった……」

いとこのいささか妙な言動には小さいころより慣れている蕗子は、それくらいでは特におかしいとも感じずに、自分はピラフとサラダを頼んだ。

「とりあえず、カレー、大盛り」

仁は、まず大盛りカレーからはじめるつもりらしい。

理玖は唇を水で湿《しめ》らせ、テーブルから身を離し、出来るだけ椅子《いす》に背をくっつけた。

彼にしか見えない若い男は、胸許の嘔吐の跡をてらてら光らせながら、嬉しそうに仁のそばにぴったり張り付いていた。

山盛りのカレーが運ばれて来た。

「……ちょっと外の空気、吸ってくる」

席を立ち、理玖は店を出た。

表で、冷たい冬の空気を肺いっぱいに深呼吸する。排気ガス混じりでも喜んで胸深く吸い込んだ。

同じように煙草の煙を深々と吸い込んでいた鴻一が、店の階段に腰かけたまま、理玖の方を振り向いた。

「排気ガス、うまいか?」

と言った。

「鴻一さんこそ、タール、うまい?」

煙草を咥えた鴻一の口許が、かすかに笑みを刻んだ。

そのままふたりはしばらく、幹線道路の喧騒《けんそう》に包まれつつ、冬の夕暮れに佇んでいた。

鎌倉の沢木家へ向かう夜道、単調なドライブに厭《あ》いた蕗子が、あくびを嚙み殺した。疲れたような顔の鴻一の横で、理玖は眉間《みけん》に皺を寄せたまま、暗い道路を睨んでいた。彼の方は、退屈とは無縁のドライブだった。

吐く男がどこまでもぴったりついてくる。

落ち着かなくて会話に神経を使うどころか、運転にも身が入らない。なにより気持ちが悪かった。

男は始終、嘔吐していた。

いかにも嬉しそうに仁に笑いかけながら、蕗子の雪のように白いコートのとなりで、汚物まみれで座っている。

仁はというと、食事のあと、車が走り出すやいなや眠ってしまった。旅の疲れか、腕組みをして、窓の方へわずかに首を傾げて熟睡《じゅくすい》状態だ。空気の色、気配の重さを感じないことの平安。自分の肩を抱いているもののカタチが見えない幸せ。

仁はまっすぐ家へ帰るより、鎌倉行きの同行を選んだ。

「きょう、ほんとはもうひとつ、理玖に頼みがあったの」

ファミリー・レストランで蕗子が言い出した。

「おばあちゃんがね、理玖に鎌倉に来てほしいって」

「なんだろうな、おれに頼みって。まさか、タンス動かしてちょうだい、っていうんじゃないだろうし」

「それなら、五棹《さお》も六棹もきょうは楽勝ね」

そう言って蕗子は、傍らでカレーを食べているいとこの逞《たくま》しい肩を、手の甲でぽんと叩いた。

本家に近い私鉄の駅で仁に降りてもらうつもりだったので、理玖は店から家へ連絡を入れた。電話に出た苑子に、蕗子たち兄妹と一緒であることを伝え、これから鎌倉へ送っていくので帰りは明日になるかもしれません、と報告した。祖母の芙結に用があると言われたことは話さなかった。理玖の両親が死んで以来、苑子と芙結は理玖の保護者の地位を巡って、蔭《かげ》に日向《ひなた》に牽制《けんせい》しあっている。余計なひと言がさざなみの元になりかねない。

理玖が家をあけると苑子は寂しがるが、今夜からは仁がいるので平気かと考えた。だが、電話を代わった仁が、母親と短い会話を終えたあと、自分も一緒に行くことを告げた。

「おふくろが、おまえについていけとさ」

「ええ？」

「それで早めに連れて帰って来い、との命令だ」

「苑子おばさん心配なのね」

くすくすと蕗子が笑った。

「おばあちゃんが、あんたを説得して養子にしようとするんじゃないか、気が気じゃないのよ。オバサン・キラー理玖」

疲れた顔の鴻一が、皮肉な口調で一緒にからかった。

「人気者はつらいな。ほんと、なんにでも好かれるな、おまえ」

それはどういう意味かと、その嫌味な口調に少し憤慨《ふんがい》を覚えつつ理玖は詰め寄ろうとしたが、タイミングを外すように例の男が派手に嘔吐し、瞬時にまったく気が失《う》せてしまった。

「おかわり、まだたくさんあるからね」

祖母の芙結が、かいがいしく理玖の世話をやく。

白和《しらあ》えの小鉢《こばち》を運んできた蕗子の母親の正江《まさえ》が、「理玖ちゃん、おかわりは?」と、愛想よく手を差し出した。

「もう、十分です」

「——じゃ、おれが」

と言って、空《から》の茶碗《ちゃわん》を手にした仁の腕がにゅっと伸びてきた。

みんなが食卓を囲んでいる横で、鴻一はソファでひとり、ウィスキーを飲んでいた。

伯父の鵜介はまだ帰ってこなかった。

「どうだい、正江さんの味付けも、ようやくうちの味になってきただろ」

「何年たってもお義母《かあ》さんの味にはなかなか及《およ》ばなくて」

ひとのいい笑顔で正江は芙結の言葉を受け流し、理玖たちに笑いかけた。

「苑子さんもお料理上手だから、理玖ちゃんも仁くんも、舌が肥《こ》えてるでしょう。お口に合うかしら」

「おいしいですよ」と理玖は答えたが、仁はただ黙々と箸《はし》を動かしていた。その傍らには、吐く男が座っている。

「大きい人はやっぱりたくさん食べるわねえ」

正江が感心するように眺《なが》めた。

女将《おかみ》さんと、奥さん。

鎌倉の沢木家のふたりの奥方を呼び分けるのに、近所の酒屋やクリーニング店の店員が用《もち》いている言い方だ。

芙結は七十をすぎた年齢の女性にしては背が高い。その遺伝子《いでんし》は蕗子に引き継がれている。ぴしっと背の伸びた姿勢、貫禄《かんろく》のある和服姿、見事な銀髪、歯切れのいい弁舌《べんぜつ》と、老婦人はある種の威圧感を備えていた。その女丈夫さは、働き者で評判だった若いころの経験と無縁ではない。跡取り娘として、戦後不遇《ふぐう》をかこった両親を養いながら、夫とともに前向きに働いた。事業の勘《かん》も鋭《するど》く、元々住んでいた海沿いの土地に地の利をいかして旅館を建てることを発案したのも彼女だ。おとなしい夫を常に引っ張って、そう大きくはないがそこそこの旅館にした。いまの場所に新しく家をかまえ、ふたりの男の子を育てあげ、経営を長男に任せて女将を退《しりぞ》いてあとはずっと、自宅で生け花を教えている。まさか次男を、自分よりはるかに若い齢で亡くすとは、思ってもみなかった。彼女は理玖が不憫《ふびん》でならない。

長男の嫁の正江は、嫁《とつ》いで来てから三十年間、ずっと専業主婦をしている。ふっくらと小柄で、血色のいい丸顔は親しみが持て、人あたりもやわらかいが、自他ともに女将職には向いていないと判断していた。合理主義者の芙結も、嫁だから女将に、とはこだわらなかった。

「ほら、理玖、たまご焼きも食べなさい」

「おばあちゃん、よしなさいって」

エビフライに齧《かじ》りついていた蕗子があきれて口を挟んだ。

「理玖をいくつだと思ってるの。二十二よ。とっくに小学校は卒業したのよ。たまご焼きよりブラジャーのコマーシャルの方が気になるにきまってるじゃない」

「失礼だな、蕗ちゃん」

飛び出した思わぬ説に理玖は異議《いぎ》を唱《とな》えた。

「下着のコマーシャルだから見てたわけじゃないよ」

「でも、おばあちゃんの顔より、若くてきれいなモデルを見てる方がいいのよね」

「……ほんと性格いいよな、蕗ちゃんて」

理玖はいとこに冷ややかなまなざしを注いだ。

「よく言われるだろ」

「それほどでもないわ」

「蕗ちゃん、あの白いコート、気にいってる?」

「うん。ひと夏の労働の成果よ。悪くないでしょ。でも、なんで?」

「いや、性格のいい人って、たとえば誰かにあれにゲロなんかかけられても、気にしないで許してあげるのかなぁ、と思ってさ」

「ブッ殺す」

ザクッ、と蕗子は皿のエビフライにフォークを突き立てた。

芙結はおもしろそうな眼でふたりの孫を見た。

「あんたたち、夫婦としてうまくいくタイプだね。どうだい、少し血が近すぎるけど、一緒になってみるかい」

「なに言ってんだか」

蕗子は一笑に付《ふ》した。

「悪くない案だと思うけどね。それとも、車庫の脇の空き地、あそこに理玖の仕事場を建ててようか」

話の繋ぎ目が見えない理玖が訝《いぶか》しんだ。

「仕事場って……？」

「鈍いわね、理玖」

串刺《くしざ》しにしたエビをかざして蕗子が言った。

「結婚ときて、仕事場――つまり、いつものアレよ」

理玖の湯飲みに熱い茶を注ぎながら、芙結は自説を売り込む。

「ずっとじゃなくても、仕事場があれば、いつでももっとゆっくりしていけるじゃないの。

それに、鎌倉は昔から文士やなんかが好んだ土地なんだよ。芸術家にはふさわしいだろ」

「ぼくは芸術家ってほどのもんじゃあ」

「立派なもんさ」

芙結は帯に手をやり、芙蓉《ふよう》の花をかたどった銀の帯留めを自慢げに撫《な》でた。

「うちの生徒さんたちにも、おまえのアクセサリーは評判いいよ」

男性向けの商品を作ってショップに卸《おろ》している理玖だったが、苑子といい芙結といい、彼女らの習い事の関係が縁となる新規の客には事欠《ことか》かなかった。

かんざしや帯留めといった伝統工芸だけではない。稽古《けいこ》に通って来る若い女性たちの希望は、ブレスレットやイヤリングといった注文の方が多かった。

「大丈夫。心配いらないわよ、おばあちゃん。そんなに理玖をここの子にしたいのなら、自分のためにも私、いざとなったら本家から理玖を攫《さら》ってきてあげるから」

エビフライを咥えて蕗子は軽く請《う》け負《お》った。

「本家に忍び込んで、誘拐《ゆうかい》してきてあげる。あとは一生奥座敷《おくざしき》に閉じ込めて、軟禁《なんきん》しとけばいいわ」

「やさしいな、蕗ちゃん。ありがとう」

理玖が嫌味を言うと、昏からエビの尾をはみ出させたまま、軽く頭を下げた。

「どういたしまして。お礼には及びませんことよ」

「我が妹ながら身勝手な奴だな」

ひとり離れた場所から鴻一が嘲笑《ちょうしょう》するように言った。

「誰に似たんだか」

芙結がじろりと鋭い視線を飛ばした。

「言いたいことがあるならはっきりお言い、鴻一」

鴻一は無言で、ただ肩をすくめてみせた。

電話が鳴り、「お父さんかしら」と正江が席を立った。

「おじさん、遅いんだね」

「景気のせいかな」

蕗子があっさりした口調で言った。

「世間の？」

「世間も、うちも」

「そうなんだ」

理玖は鴻一を振り返った。

「鴻一さん、経済専門なんだろ。この機会に、てこ入れとか対策とか考えてあげたら？」

「そんな子に頼んでも無駄だよ、理玖」

「――だってさ」

と、鴻一は肩をすくめてみせた。

電話に出ていた正江が戻って来て、理玖を呼んだ。

「苑子さんからよ」

理玖が立っていくと、正江がつまみになりそうなものを持って鴻一の横に座った。

「せっかく久しぶりに帰って来たんだから、ひとりで静かに飲んでないで、みんなの話の輪に入ったら？」

ここぞと芙結が、ちくりと刺した。

「ほんときょうはやけに静かだこと。これじゃあ、アメリカにいっちまおうがどうしようが、たいして代わりないね」

「お義母さんったら」

困った笑みを浮かべ、正江は息子に新しいグラスを作ってやった。

「正江さん、電話、苑子さんからだって？」

「ええ、そうです」

「なにもうちに電話をかけてこなくったって、あの人もまた。理玖に用なら、理玖の携帯電話に直接かければいいじゃないの。わざとらしく取り次ぎさせるなんて、自分の存在を誇示《こじ》しようとしているとしか思えないね」

「考えすぎじゃないの、おばあちゃん」

蕗子の言葉に芙結は首を振った。

「いや、きっとそうに違いないよ。寝る前に私の方からもかけてあげようか。理玖はとても愉《たの》しそうにしてます、って」

「それは、嫌味。誇示以前の問題」

「だって、まだたったのひと晩すら留め置いたわけじゃないのにさ」

「仁くんも揃って留守だから、今夜はお寂しいんでしょう、きっと」

「仁はどうせきのうまで外国に行ってたんじゃないの。いまはじめて留守にしたわけじゃなし。ねえ、仁」

正江のフォローも芙結にかかってはかたなしだ。

反応を求められた仁は、無表情に茶を啜《すす》った。

「そうっスね」

「——それだけ？　あんたって子はほんとに……口数の少ない子だねえ」

芙結は静かな吐息を洩らした。

「別に、あんたのお母さんと仲が悪いわけじゃないんだよ」

さすがに大人げないと感じたのか、口跡を改めた。

「理玖のことで、そりゃあちょっとぎくしゃくしてはいるけど、福《ふく》さん——本家の、あんたたちのおばあさんとは、私はとても親しかったし。でも、福さんが亡くなってからは、あんまりね、行き来もなくなって。若い人は年寄りの言葉には耳を傾けないから……」

　言いながら、戻って来た理玖に、眼を向けた。

「……時代と一緒になにもかにも今風《いまふう》になって、誰も古いきまり事なんぞに重きを置かなくなってしまった。だが、茉子《まつこ》さんはまだよかった。福さんがおまえをひと目見るなり、この子の名前は理玖にしなさい、と言ったら、素直に受け入れた。おまえの名前はね、理玖、福さんが付けた最後の名前だ。苑子さんもおまえのお母さんも、福さんが名前を付けたんだ。沢木の家には名付けのきまり事がある。お母さんたちもそれを知ってたはずさ。だけど、やっぱり戦後の人たちだから、福さんが亡くなってしまうと、自分の子供には、きまりを無視して好き勝手な名を付けた。古い習慣は意味のあることなのに……。ちゃんと名付けていれば、涼子ちゃんは死なずにすんだのに」

「ひどいこと言うわね、おばあちゃん」

　あきれるというよりは愕いて、蕗子が顔を上げた。

「そんな言い方はよくないわよ」

　芙結は動じなかった。

「女の子にはクサカンムリの名を付ける――それが大事なんだよ」

「どういう理由で?」と、理玖が尋ねた。

「昔からそうなってるんだよ」

「つまり、意味はないのね」

蕗子は鼻白《はなじろ》んだ。

「名前に意味はある。福さんは、ちゃんと解っていた」

そう言って芙結はじっと理玖を見つめた。

いきなり鴻一が会話に割って入ってきた。

「じゃあ、茉子おばさんが死んだのはどう説明がつく？　おばさんもクサカンムリが付いたぜ」

「よしましょうよ、この話。理玖がいい気持ちしないじゃない」

さばけた性格の割に気が回る蕗子が、ちらりと理玖を見た。

「茉子さんは――茉子さん夫婦は、理玖の言うことに耳を貸すべきだったんだよ。理玖の言う通りにしていれば、事故には合わなかった」

しん、と沈黙が下りた。

正江が明らかに場の空気を変えようして言った。

「男の子はどうなんです、お義母さん。男の子の名前にも、なにかきまり事があるんですか？　鵜介さん兄弟や鴻一のように、トリが付く必要があるとか。あら、そうすると、仁くんが……。苳子《とうこ》さんのお子さんたちの名前も違うしねえ。それに、理玖ちゃんの名前はどういうことになるのかしら」

「沢木の血は女の子に引き継がれるのが普通でね」

と、芙結が言った。

「だから、男の子はどうでもいいんだよ」

「ひどいな」と、鴻一が苦く笑った。

「それでも、おまえや、おまえのお父さんの鵜介、理玖のお父さんの鴒司《れいじ》は、死んだ私の夫がいろいろと考えて付けた、いい名前だよ。それに、仁――あんたの名前も、いい」

「うちの親父が付けたって聞いたけど」

仁の言葉に芙結はひとつ頷いた。

「いい名前だ。『剛毅朴訥《ごうきぼくとつ》、仁に近し』ってね。おまえさんの場合、まさに名は体《たい》を表わしてる」

「どういう意味なんです？」

と、正江が芙結に尋ねた。

「道徳の理想とされるのが『仁』で、意志が強くて、飾りけがなくて、口数が少ないのは、その『仁』に近い、っていうこと」

仁が、珍しく質問を発した。

「理玖の、こいつの名前の意味は？」

「――昔、本家に紀玖《きく》さんという人がいてね……」

ゆっくりと、芙結は織《お》り出すように言葉を口にした。

「理玖は、その人から名前の一部をもらったんだよ」

「福おばあさんは、なぜぼくにその人から名前をとって付けたのか、やっぱりわけがあるの……？」

意識せず、理玖の声は呟きのように低くなった。

「みんなも知りたがったよ。父親である鴿司もね。でもね、赤ん坊を見ると、解る人には解る。福さんには、解った」

「芙結おばあさんにも解った…？」

そっと理玖が訊いた。

「私は解らなかった」

芙結は繰り返した。

「私には解らなかったよ。残念だけどね……」

客部屋に布団をふた組敷き並べた蕗子が、四隅《よすみ》にシーツの端を折り込んでから、チッと軽く舌打ちした。

「あ、毛布一枚たりない」

「舌打ちはよしなさい。私の部屋の押し入れを見て来てごらん。新しいのがあるはずだから」

「オーケー」

芙結に指示され、蕗子は襖《ふすま》を開けて出ていった。

襖も柱もまっさらだった。家そのものが建てかえられて間がなく、まだあまり使われていない客間は、畳《たたみ》から独特の青い匂いがしていた。

「おばあさん」

枕カバーを替えている祖母の横で、理玖は布団に膝を突《つ》き、シーツの折れを直した。

「さっきの、紀玖さんって人の話だけど……」

「ああ」

「どういう人だったの？」

「聞いたこと、ないのかい？」

「詳《くわ》しくは知らない」

「そうかい。そういえば、私もきちんと話したことは一度もなかったかもしれないね」

芙結は枕を丁寧《ていねい》に撫でた。

「紀玖さんは、本家で言えば、福さんの父親の妹だった人だよ。つまり、おまえのひいおじいさんの妹だね。分家のこの家に嫁に来たんだ。だから私からみると、私の祖母にもなる人だ」

「じゃあ、会ったことあるんだね」

「大昔ね。私が十一の時に亡くなってしまったから」

皺だらけの手が枕を撫で続ける。

「子供の耳にも、いろんな噂は入ってきたもんさ。紀玖さんは、本家ではあまりよく思われずに育った人でね。気味の悪い娘だと、実の家族にも敬遠《けいえん》されたらしい」

「気味が悪い――って、どういうところが？」

「亡くなった人のね、言葉を伝えることが出来たんだよ」

「イタコみたいに？」

「まぁ、そんなもんかね。病気で亡くなったと思われた人が、実はそうじゃないと言っているとか、自殺したはずの人を、殺されたんだと言ってみたり、とか……。警察が調べたようなこともあったみたいだ」

「それで、当たってたって？」

「自殺した人の件は、だいぶあとになって、実は自分が手にかけたんだっていう犯人が出て来たって聞いたね」

「すごいね。本物だったんだ」

「うちに嫁いで来る前の話だから、私も実際のところはよく知らないんだよ。そんな気味の悪い真似はやめるよう、周りからきつく言われて、結婚してからは二度と死者語りはしなかったみたいだ。十五で嫁いだのも、やっかい者払いみたいなものだったらしくてねえ。昔はなにもかもずっと封建《ほうけん》的だったから、いいとこの娘がそんなおかしな言動をしたら、家の者まで白い眼で見られる、本家の威信《いしん》も揺らぐ。体裁《ていさい》や外聞《がいぶん》をはばかって、分家《ぶんけ》に押しつけたのさ。戦前のことだよ。いまの本家はもう、そんなところはないよ。苑子さんは、性格はいい人だ。次女の苳子さんの方は、多少難があるがね」

　本領発揮のちくりとした言い方に、理玖はうっすらと笑った。

「母はどうだったんだろう。ぼくにはごく当たり前の母親だったけど、母にもなにか、変わったようなところはあったのかな……」

「茉子さんは、おまえの覚えている通り、普通の人だったよ。平凡といってもいいね。凡《ぼん》庸《よう》――とまで言ってはかわいそうだが、素直な以外はとりたてて、ね。あの三姉妹の中じゃあ、若いころ、次女の苳子さんが一番目立ってたよ。私はてっきり、鴿司は苳子さんと結婚するんだと思ったりしたこともあってね。話題も合ってたようだったし、わりとよく一緒に映画なんかに出かけてたから。でも、まあ、親戚同士だし、若い男女のことだ、それくらいの付き合いでは、結婚とはまた別の話なのかもしれないね……」

　ひとり言《ごと》を言うように芙結はそう呟いて、また紀玖の話に戻った。

「紀玖さんはきれいな人だったよ。孫の私が生まれた時もまだ四十にもなってなくて。お嫁に来たころは、さぞかしきれいだったろうと思ったね」

「写真なんて残ってないよね。昔だから」

「そうだねえ。一枚くらいあったかもしれないねえ」

「ある？」

「見たいかい？」

「すごく見たい」

「今度探しておくよ」

「いつ亡くなったの」

「私が女学校に入る前だから、六十年は前になる。うちよりも、おまえのところにあるかもしれないよ」

「写真が？　でも、十五歳でお嫁に行ったんじゃ、実家にいたのは百年近くも前のことでしょう？　写真なんて……」

「絵が残ってるかもしれない」

「絵？」

「紀玖さんの兄が――だから、おまえの曾祖父にあたる人が、絵心のあった人でね。妹の絵を一枚ぐらい残してるかもしれない。紀玖さんとは、とても兄妹仲がよかったらしい。

ときどき紀玖さんが懐かしそうに話してくれたっけ。いまは鎌倉も電車であっという間だけど、昔は遠かったろうからねえ。会いたくてもそう簡単には会えなかったんだろう。本当なら、末の妹がいたからその子が跡取りになるはずだったんだが、若くして病死してしまって、長男が代わりに家を継いだんだ。沢木の家を男が継ぐなんて、本家としては異例のことだけどね。紀玖さんはとうに外へ嫁に出てしまっていたし。でも、そのおかげで、もし絵があるのなら、家のどこかで見つかる可能性があるよ。蔵《くら》なんか、あやしいね」

十六で引き取られることになった以前から、理玖はよく本家に出入りしていた。庭に蔵がふたつあり、古い物はすべてそこへ収められていた。中で遊んだことはないので、そこに絵があったかどうか、記憶はない。蔵は数年前、理玖の離れを建てるためにひとつ取り壊された。

「なんで紀玖さんのこと、知りたくなったんだい？」

芙結が穏やかに問いかけた。

「名前のせいかい？」

「……似てるのは、名前だけかなと――」

思いきって理玖はそう言ってみた。

「ほかに似てるとこがあるかな、って……」

「おまえの名前は、付けられるべくして付けられたんだよ、理玖」

「さっきもそう言ったね」

「福さんは、そういう力のある人だった。そのものがいいものか悪いものか、感じる程度の力だったが、紀玖さんに比べたらささやかな、勘が少し鋭いだけみたいなものだったが、それでも、あの人には『沢木の力』があった。福さんはね……ほんとは富玖《ふく》っていう名前だったんだよ」

富玖——と、枕に指で書いた。

「昔、私にこっそり話してくれたんだ。でもね、一族の年寄り連中の反対にあって、福と変えられたんだって」

ふと、芙結は理玖を見上げた。

真剣な眼がまっすぐに理玖をとらえた。

「おまえ、いまでも、悪い予感がしたりするかい…？　いやな、むしの知らせを感じるかい……？」

理玖は、眼を伏せた。

「……あの、事故の時だけだよ……」

「そうかい……」

少し残念そうに芙結は乗り出していた身を引いた。

「おまえも大人になったからね。お化けや不思議なものは、子供が見るもんだものね」

「そうだね」

でも、理玖にはいまも見える。

見えないものが見える。

「そうか……なに、ちょっと、おまえに訊いて、安心したかったんだけどね。気のせいだと言ってもらえたらいいなと……」

「なに？　なにか心配事？」

「うん、たいしたことじゃないんだけどね」

そういえば、道中、蕗子が、変な出来事が起こってる、と言ったことを理玖は思い出した。

「町内でね、半月前《はんつき》から妙なことが続いてて。最初は、吉田《よしだ》さんっていうお宅のおじいさんが亡くなったことから始まったんだ。それから二、三日して、次に松村《まつむら》さんの家で飼犬が死んで、それからまた少しして、今度は加納《かのう》さんのお宅で、産まれたばかりの赤ん坊が突然死したんだよ。吉田さんはかなりの高齢で、今年の夏を越せるかどうかと噂されてたほどの人だったし、犬は毒ダンゴでも食べたんだろうってことで保健所が来て、赤ん坊は、病院で検査を受けたんだけど、なんたら症候群とかいう説明がついたとかで。そんなふうに、どれも一応、理由はつけられたんだけどね、ただ、先週、町内会長の三浦《みうら》さんが脳溢《のういっ》血《けつ》で倒れて亡くなったんだよ。健康が取り柄《え》と公言するような元気な人だったのに。それでね……誰かがある事に気がついたんだよ……。全部、一軒おきに起こってるって……」

暖房がきいているにもかかわらず、芙結は小さく身震いして、腕をこすった。

「吉田さん、そして一軒おいて松村さん、一軒おいて加納さん……もう、町内じゃ、お祓《はら》いがはやってはやって。でも、笑い事じゃすませられないのは、もし次に一軒おくとすると、今度はうちの番なんだよ、理玖……」

「やっぱりお祓いしてもらった？」

「鴇介がやめてくれと言うから。偶然にすぎないにきまってることで、迷信じみた真似をすることはないって言ってね。でも、ほんとに偶然かもしれないけど、気味が悪いじゃないか。お祓いぐらいしてもらったって、害はないだろう？　けど、町内ヒステリーをうちでとめないと、なんて。誰に似たのか、根っから合理主義者で……」

「そりゃやっぱり、女家長《かちょう》にでしょ」

不意に声のした方を振り返ると、襖《ふすま》の蔭に、いつの間にそこにいたのか、鴻一の皮肉な笑みがあった。

「兄さん、ちょっとどいて」

毛布と電気スタンドを抱えた蕗子が、進路を塞ぐ兄を追いやった。

「仁、お風呂からあがったみたいよ」

「鴇介の寝巻きじゃ、小さすぎるだろうね」

「あいつ、ジャージとかバッグにあるはずだから」

理玖が代わって答えてやると、灰色のスエット上下に着替えた仁が濡れ髪で現われた。

「じゃ、お休み」

「お休みなさい」

「仁もきょうは疲れたろう。あしたは何時までも寝てていいから、ゆっくりお休み」

そして、芙結はめずらしく鴻一にもやさしい言葉をかけた。

「おまえも、疲れた顔してるよ。早く寝なさい」

「ああ……」

呟くように答え、鴻一は蕗子のあとに続いて廊下を戻っていった。

「その寝巻き——」

理玖が布団に入ろうとすると、仁が彼のパジャマを見て言った。

「ばあさん、ふだんからおまえのために用意してあるのか？」

「そうだよ。からかうのはよせよ。からかったら、殴るぞ」

脅《おど》しがきいたわけでもないだろうに、仁はうすく笑うにとどめた。そして、

「おまえが物欲が少なくて、よかったよ」

と言った。

「なんのことだ？」

「この新築の立派な家も、旅館のうわ物ごと土地も、経営権も、おまえに全部譲ってもいいっていうんだからな。うちは、本家とはいえ、金目の物はろくにない。蔵にもたいしたものは入ってない。入ってるのは、使わなくなった古い物と家族の思い入れのある品物だけだ。土地だって、あの辺の坪《つぼ》単価はたかがしれてる。それに比べて、ここは鎌倉でも一等地だぜ」

「食指《しょくし》を動かさないのはバカだっていうのか？」

さめた声で理玖は言い返した。

「うらやましいなら、おまえここんちの子になれば」

「もれなくおまえが付いてくるっていうんなら、なんでももらうがな」

仁が低く笑った。

「おまえに欲がないお陰で、おまえはうちに来た。一緒に暮らせて、よかったよ」

「そういう見方をするなら、おまえとひとつ屋根の下に暮らしたせいで、おれはえらい目にあった」

するりとシーツを滑って毛布を引き寄せ、理玖はずけずけと言った。

「高校卒業するまで、おまえがおれになにしてたか、少しは考えて、そういうこと言えよな」

電気スタンドを消そうと伸ばした手が摑まれた。

反論する代わりに、まして詫びの言葉を口にすることもなく、黙って仁は理玖の布団に入ってきた。

「おい……」

文句の形に開いた唇を唇で塞がれる。

少しも悪びれない力強い舌で唇の内側を愛撫《あいぶ》されると、ゆっくりと理玖は軀の筋肉をゆるめ、抵抗をやめた。

仁の皮膚は熱かった。熱いが、さらりと心地よかった。

「……よせよ」

「仁、よせ……」

口づけには応えつつも、理玖は流されなかった。

濡らされた唇を、顎をそらしてそむけた。

「仁」

「四ヶ月ぶりなんだぜ」

情熱の爆発を抑《おさ》えているような低い声が囁いた。

「百二十日だぞ」

さらに二十四時間をかけた数字が語られる前に、理玖が先にそれを口にした。

「二千八百八十時間だ。だから？」

仁の答えは、簡潔、かつ明瞭だった。

「やりたい」

鍛《きた》えられた太い腕が理玖の腰を抱えた。目的の定まった手は一切《いっさい》の迷いなくなすべきことをなし、すぐに剝《む》き出しにされた性器を武骨《ぶこつ》な指で強く握《にぎ》られて、理玖はたまらず背筋《せすじ》をぐっとそらした。

「……いやだ」

「そんなの理由になるか。百二十日だぞ」

「ひとのうちだろうが…っ」

「外よりいいだろう」

「いやだって……見てる……」

「あ？」

「見られてる、枕許に……」

理玖を腕に抱いたまま、仁は顔を上げた。

明かりの灯《とも》った電気スタンド。枕許にはそれだけだ。

「……そこに正座《せいざ》して、おれたちを見てる……」

仁は自分の懐の中の理玖の横顔を見下ろし、それから電気スタンドを見て、もう一度、理玖の顔に視線を戻した。

「――なにかいるのか？」

「……男だ。空港からずっと一緒だった。おまえについてきてる」

「おれか。じゃ、いい。おれは気にしない」

やおら中断した行為を再開しはじめた仁の胸板を、理玖は力いっぱい押しやった。

「おれが気にする…！」

「やりはじめれば忘れる」

「いやだって…っ」

「こっちに集中しろ。そのうちどうでもよくなるって」

「……おまえ、自分が見えないからって適当なこと…っ」

「見えるものは、眼をつむれば見えなくなる。だったら、眼を閉じてればいい」

仁はそう言った。

「どうせ眼を閉じててもやれるように人間は出来てるしな」

「やめろってっ……そんな気になれないって言ってるだろっ」

「四ヶ月もやってないのにか？」

「おれはセックスなしでもオーケーなんだ…！」

「なんだと…？」

躯をまさぐっていた手が再び動きをとめた。

息を乱して理玖は正しく言い直した。

「おまえとは、セックス抜きでもおれはかまわないんだ」

仁は眼を丸くした。

「けど、四ヶ月前は、おまえ、おれと同じ気持ちだったんじゃないのか…？」

「そうだよ。いまもそれは変わらない」

「なのに、セックス抜きでいい…？」

「ああ。おまえがいてくれるだけでもいいんだ。おまえはおれにとって、いとこでも親友でも恋人でもない。それ以上の存在だから」

仁はものも言わずに理玖を抱いた。

「――おい、ちょっ……待てって…っ」

言葉はなかった。

ねじ込むように結合をなし、そのまま揺すられる。

怒っているかのように、動きが最初から激しかった。

ただでさえ久しぶりの行為で大変なのに、理玖にはもうまるごと身をゆだねるしか出来ることがなかった。激しく求めてくる仁に、まるでおしおきでもされている感じだった。

こんなに理玖に激しい感情を抱いている仁だが、それでも理玖に言わせれば、欲がないのは仁の方だと思えた。

仁は、理玖に見えるものが見えない。

見えないものは見えず、見えるものだけが見える。

それはひとつの強さの表われだ。

存在しないものが見えることがすぐれた力だとは理玖は思わない。見えないものを見ないことの方が、正しく、まっとうなのだ。仁はまさしく、まっとうだ。

そればかりでなく、仁には魂《たましい》のいやらしさがない。だから、なにものであれ彼を貶《おとし》めることは出来ない。

なにか悪い意思や、邪《よこしま》なものや、祟《たた》りをなそうとするような醜《みにく》い憎《にく》しみや怨《うら》みの感情が、たとえ彼の周りをびっしりと取り巻き、どす黒いそのとぐろの中に彼を包み込もうとしても、仁には無力だ。

仁が勃起《ぼっき》した性器で理玖の肉体を貫《つらぬ》いても、何度も精液をこすりつけてこようと、仁の本質は、凛《りん》として、清々《すがすが》しい。

大きな古木のように。

堅く、頑丈な古木。中には澄んだ水が流れている。昆虫や小さな生き物たちが、その豊かで清い水を求めて、周りにやってくる。大地に深く根を下ろし、その水はつきない。

理玖にとって、仁はそういう存在だった。

見えないものを見てしまう理玖の弱さを、仁は否定しない。退けない。笑わない。気味

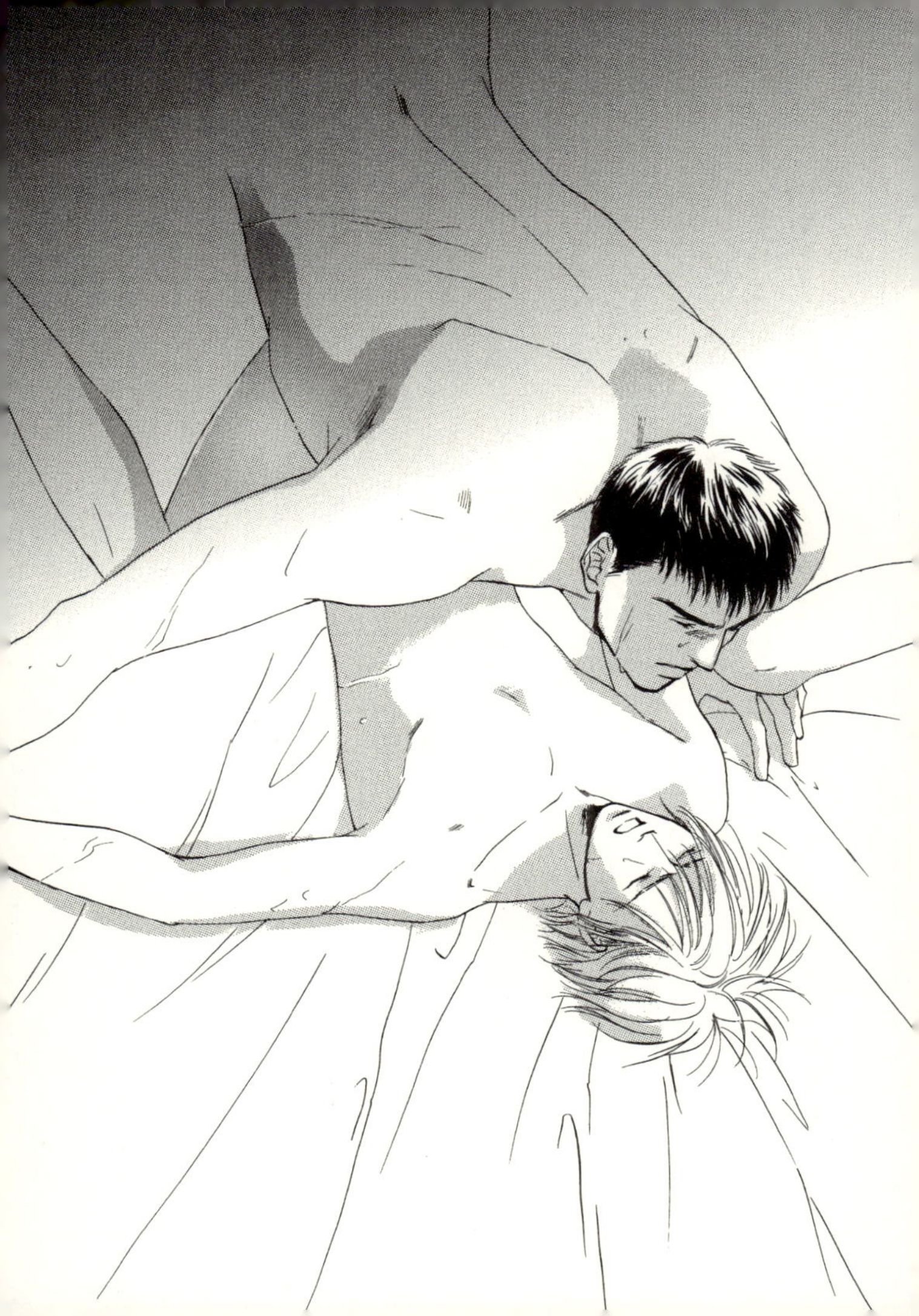

悪がったりなどけしてしない。

そして受け入れる。あるがままに。

それだけで理玖は十分満たされる。仁がそばにいて自分を肯定してくれること——そのこと自体が理玖の救いだ。

仁がそれを解っているかどうかは、はなはだ疑問ではあるが……。


「——それで、どんな男なんだ？」

片手で頭を支え、仁は尋ねた。

すっきりと満足のいった顔だ。

理玖はその横顔をうらみがましい眼で睨んだ。理玖の方は、頭も腰もズキズキと痛んでいた。

「若い。まだ高校生か、せいぜい大学生だ」

「へえ。なんでおれについてくるんだろう」

「おれが知るか。とにかく、空港にいた時からおまえのそばを離れようとしなかった。おまえがどこからか連れて来たんだろう」

「おまえと違って、おれはそういうのに好かれる質《たち》じゃないのになぁ」

「飛行機で一緒にイギリスから連れて来たんじゃないのか、案外」

「日本人なんだろ。じゃ、日系人か」

「旅先で死んだ大学生とかな」

「まだ見てるか？」

「嬉しそうにおまえに笑いかけてるよ」

うんざりと理玖は言った。

「しょっちゅう吐いてるんだ。緑色のゲロを垂れ流して。ファミレスでおまえがカレー食ってたすぐ脇でも、吐いてたんだぜ？」

「――緑色の…？」

その時、不意に仁がなにかを思いついたように身を起こした。

「仁？」

布団から這い出た仁は、リュックを引き寄せ、がさごそとかき回した。折り畳みの財布を開き、中から一枚の写真を取り出した。

「そいつ、この中にいるか？」

理玖は受け取った写真に眼を落とした。

ラグビー部の記念写真らしかった。

「高校二年の時に、部員全員で撮ったやつだ。どうだ、いるか？」

「いる」

短く答えて理玖は、写真の中の仁の、左肩上にある顔を差した。

「……落合《おちあい》か……」

言ったきり、仁はしばし絶句した。

「どういうことか、説明がつくか？」

理玖が促すと、ああ、と暗い顔で頷いた。

「その中列にいるおれたち五人は、同期入部の仲間で、特別仲がよかったんだ。みんなでいつかウェールズとやってやろうぜと、意気軒昂《けんこう》に目標を掲《かか》げてた。高校を卒業して、おれは大学でもラグビーを続けたが、それぞれ進路は分かれて、大学はあきらめて就職するやつ、ラグビーはやめて稼業《かぎょう》の手伝いに専念することになったやつとか、いろいろだ。それでもいままでも付き合いは続いてて、出発前もおれの壮行会《そうこうかい》を開いてくれたんだ。落合は、病気で高校を休学しちまってな。結局、そのまま戻ってこれなかった」

「亡くなったのか？」

「ああ。かわいそうに、見舞いにいくといつも吐いてる最中で、気を遣わせてこっちが気の毒だったよ。すっかり痩せちまった軀で、それでも、いつか必ずおれもウェールズに行くからって、笑ってた。壮行会でほかのメンバーがこの写真をくれたんだ。写真ででも落合を連れていってやれって」

仁はうっそりと電気スタンドの明かりを見た。

「ちゃんとついて来たんだな、おれに。イギリスまでついて来て、また一緒に帰って来たんだ」

布団に起き上がって一緒にぼんやり明かりを見ていた理玖が、突然、

「——あっ……！」

と小さく叫んだ。

「なんだ？」

「解らない……でも、なんだか……」

「おい、真っ青だぞ、おまえ」

胸の奥からどんどん湧き上がってくるいやな焦燥《しょうそう》に耐えきれず、理玖は布団の上に立ち上がった。

「理玖？」

「——出ようっ……」

「え？」

「家を出るんだ、早く！」

有無《うむ》を言わせず、仁の腕を摑んで部屋を飛び出した。

まだ起きて台所でコーヒーを飲んでいた鴻一が、何事かという顔で問いかけて寄こした。

「鴻一さん、蕗ちゃんを連れて外へ出てくれ！　おれはおばあさんとおばさんを連れて出

るから！」

不思議なことに、鴻一はなにも尋ね返さなかった。すぐに椅子から滑《すべ》り下りると、二階の蕗子の部屋へ向かった。

その背に理玖は叫んだ。

「おじさんは⁉」

「まだ帰ってないっ」

理玖は芙結の部屋へ駆け込み、まだ眠っている祖母を布団から引きずりだした。

「おばあさん、起きて…！　起きて下さい！」

「……なに……理玖？　なんの騒ぎなの…？」

ぼんやりと呟いてぐずぐずしている老婦人を、仁が担《かつ》ぎ上げるように抱きかかえ、部屋から連れ出した。

すぐ脇を走って縁側から庭へと飛び出しながら、理玖は、この恐ろしい胸騒ぎの正体に気づいたような気がしていた。

この悪心は、あの十六の時の旅行の朝にそっくりだ――。

みんなが庭先で、それぞれ不安な顔を寄せ集めあった。師走の寒さが身にしみた。正江と額を寄せるように立っていた蕗子は、自分のガウンを脱ぐと、寝巻き姿の芙結の軀をそれでそっとくるんだ。

「理玖、なに？　なにが起こったの？」

あまりに突然のことに、蕗子も怒るよりはまず戸惑っていた。

なにかが来る。

理玖はそう思ったが、口には出さなかった。

「解らない……」と呟いた。

その時、手に摑んでいたものに気がいった。仁の財布だ。

理玖はそれを思いきり家の中へ放り投げた。

あたりは静かだった。

近所中が寝静まっている深夜、彼ら六人だけが、真っ暗な庭に小さく固まって立っている奇妙さ。

ごうっ……と、突風があたりを裂いた。

勢いよく夜空に舞い上がった枯れ葉が、龍巻《たつまき》のように宙で螺旋《らせん》を描いた。

一瞬の強い風は蕗子の長い髪をまき上げ、蔓《つた》が巻き付いたようなねじれを作り、そのまま上空に上がっていった。

そして風は、ぴたりとやんだ。

あたりはまた静かな住宅街の顔に戻った。

「……なんだったの、いまの。幻？」

呟く蕗子の髪に、証拠の枯れ葉が二、三、からんでいた。

一同が、理玖の顔を見た。

「もういいのか？」と仁が訊いた。

理玖の悪心は消え失せていた。

「なにをやってるんだ？」

門に手をかけた伯父の鴇介が、彼らをぽかんと見ていた。

「どうしたんだ、みんな、そんな恰好で。地震でもあったのか」


「お父さん、ごはんは？　なにか軽く召し上がりますか？」

「そうだな、もらおうかな。その前に着替えてくるよ」

お茶漬けの用意をする正江の脇で、蕗子が人数分の紅茶のカップを並べる。

みんな、眼が冴《さ》えていた。誰もまた眠ろうとする者はなかった。

「理玖、なにか感じたんだね……？」

ソファにぐったりと腰かけた芙結が、囁くように言った。

理玖には、説明出来る言葉がなかった。

黙っていると、クッキー缶の蓋《ふた》を開けながら蕗子が眉をひそめた。

「あの風、変な突風だったわね。なんだか生温《なまあたた》かかったし」

仁は縁側に立ち、理玖が放り込んだ自分の財布を手にとっていた。

そちらへ行こうと廊下に足をかけた理玖のそばへ、紅茶カップを手にした鴻一が、そっと寄ってきた。

「いなくなったな、ゲロ男」

愕くと同時になにか確信のようなものを理玖は得た。

「——やっぱり、見えていたんだね、鴻一さん」

「おれは恐ろしい」

鴻一は声をひそめた。

「おまえは平気なのか、理玖」

「平気じゃないよ。鴻一さんは、いつから見えるの？」

「子供のころはなかった。高校の二年になって、受験勉強をはじめたころからかな」

「なにが見える？」

「ただ輪郭《りんかく》だけだ。ものの形をした、ものじゃないもの。動きは解るが、だが表情は見えない。おまえは見えるんだろう？」

理玖は無言で頷いた。

「おれはこんな自分がきらいだ」

吐き捨てるように鴻一は言った。

「いやでたまらない。なのに、ばあさんは、こういう力をまるでうらやましいような口調で話す。いつもおまえを見る眼。なにかを期待するようなあの眼。あの眼がおれを見ると、正直ぞっとする。なぜこんなものにひかれるんだ、あのばあさんは……。こんなおぞましいものに。自分は見えないから、解らないんだ。これが、どれだけおぞましいものかってことを……」

声はほとんど囁くようだった。宙を見ていたその眼が、まっすぐ理玖を見た。

「おれはおまえがきらいだ。同類嫌悪ってやつだな」

そう言って、かすかに笑った。

翌日の朝早く、眠れないままに起きていた理玖と仁は、本家へ帰る前に車を停め、少し近所を歩いた。

「ここだ……」

足をとめて、吉田と書かれた表札《ひょうさつ》を見た。

「ここが最初の死人が出た家だ」

「誰も住んでないみたいだな」

玄関前やブロック塀の上に、雑草がはえていた。

「蕗ちゃんに昨夜《ゆうべ》もう少しサイド情報を教えてもらったんだが、死んだ吉田のじいさんという人は、この町内で、評判のあまりよくない人だったらしい。他人の庭に黙って入って、勝手に物を持ち出すとか、洗濯物を盗んでるとか。近所の人間が自分の家の物を盗むから、同じことをしかえしてやってるというのが言い訳だったらしい」

「家族はいなかったのか」

「五年ほど前に奥さんに先立たれてから、ひとり暮らしだったそうだ。奥さんが胃ガンで亡くなった時も、隣近所が意地悪をするから、気を病んで、それで病気になったんだと言って回ったようだ。誰も相手にしないと、おれが死ぬ時はただでは死なないって、啖呵《たんか》をきったそうだ」

「ふうん」

興味なさそうに仁はその家を眺めた。

それから、ジャンパーのポケットから財布を取り出した。

「この写真、見ろよ」

言われて理玖は昨夜見た写真に眼をやった。

「――いない……」

「ああ。落合が写ってないんだ。きのうはちゃんとおれの左上に写ってたのに。廊下で拾った時に見たら、こうなってた。まるで消えたみたいだ」

ぐるりと、仁はあたりを見回した。

「沢木の家でこの通りは終わりか……。最後に、落合が連れてかれたのかな。まあ、奴の場合は、帰るべくところへ帰っただけかもしれないが。とっくに死んでるんだからな。理玖、おまえ、予期してて写真の入った財布を家へ放り込んだのか？　なにかが芙結ばあさんの家族の代わりに、落合を連れていくように、そう考えたのか？」

理玖は踵《きびす》を返して、赤いローバー・ミニへと足を向けた。

「なんとなく、さ。ただ、なんとなくだよ……」


「ちょっと友だちの見舞いに寄っていってもいいか」

仁《じん》に断わって、理玖《りく》は家へ帰る前に市民病院の駐車場に車を停めた。

「友だちって、誰が入院してるんだ？」

「会えば、おまえも解るよ」

訝《いぶか》しむ仁にそれ以上理玖は語らなかった。

早朝の病室にまだ母親の姿はなかった。

ベッドに横たわる青年を見て、仁は太い眉をひそめた。

「おまえの弟子じゃないか。入院してたのか？」

「仁、彼に触ってくれないか」

「なんで」

「いいから、触ってやってくれ。どこでもいいから」

「おまえがそうしろと言うなら、まあ……」

あまり乗り気ではない様子で、仁は数馬《かずま》の額にてのひらを置いた。

「こうか？」

「そのまま、少しじっとしていてくれ」

所在なく仁はもう一方の手でうなじをポリッと掻《か》いた。

きょうも病室は静かだった。

仁はものうげにあさっての方を向いている。

彼には、自分のてのひらが光り輝いているさまが見えていなかった。

理玖には、もちろん見えた。見えないものが見える理玖には。

明るい光が仁のてのひらを通って、眠り続ける数馬の額に吸い込まれている。

「もういいか？」

五分ほどたって、さすがに仁が痺《しび》れをきらした。

「ああ、ありがとう」

礼を言われ、仁は不思議そうな顔をした。

変わらずこんこんと眠り続ける数馬を残して、彼らは病院をあとにした。

家に着く間際に、理玖の携帯が鳴った。

「理玖ちゃん、大変！」

動転した苑子《そのこ》の上《うわ》ずった声が聞こえた。

「数馬くんがいないの！　たったいま様子を見に行ったら、ベッドがもぬけのからなのっ。パジャマだけをシーツとお布団のあいだに残して、いなくなってるの。まるで軀だけがすっぽり消えてしまったみたいに！」

「たぶん、自宅に帰ったんですよ」

理玖は微笑みを浮かべて答えた。

「大丈夫。心当たりがありますから。こっちはあと五分ほどでそっちへ着きます」

「解ったわ……とにかく、待ってるわね」

通話を切った理玖に、助手席の仁がしかつめらしく言った。

「走らせながら出るな。出るなら止めろ」

「もっと早くこうすればよかったんだ……」

呟く理玖は、仁の声を聞いていなかった。

「なんでもっと早く思いつかなかったんだろう」

「なにをだ？」

理玖は振り向いて、微笑んだ。

「おまえのことは、おれが一番よく知ってたのにな」

「反論はしないが」

仁の太い眉がますますひそめられた。

「あした、蔵を探すの手伝ってくれ」

「いいぜ。どうせ正月は暇なんだ。それでなにを探すんだ？」

「肖像画《しょうぞうが》。ひいじいさんの妹の。たぶん、百年近く前の絵だ」

「そんな古い絵、見たことないな」

首をひねる仁の傍らで、理玖はずっと微笑みを浮かべていた。

「見つかるよ。きっと。そんな気がする」

その時、理玖の携帯が着信音をたてた。

「数馬のお母さんからだ」

理玖はそう断言した。

「見もしないで解るのか？」

「ああ。絶対そうだ」

明るい蛍光グリーンに光る液晶に、公衆電話と文字が出ていた。

「病院の公衆電話からだ」

「それも、理由のつかない予感か？」

慣れた苦笑を仁は浮かべた。

「そうだ。理由はない」

理玖の微笑みは、その日いちにち中、彼の顔を彩《いろど》った。

あとがき

「ほんの数ミリ、かりにコップが動かせたって、それがなんになるの？」

以前、知人がそう言った。

超能力というものが存在しないと断定は出来ない。この世には説明のつかないことがいくつもある。物体移動だって、とてつもない力でなくても、そういう力はあるかもしれない。

と、数人で会話をしていた時のことだ。

でも、と知人は言い、冒頭の発言になった。

そんなの意味がないではないか。そんなことが出来てもなんにもならない。


そうだろうか。

ではなぜ、人は百メートル競争をするのか。どうして三段飛びをしようとなどするのだろう。

意味がないことなら、人間が一秒でも早く走ろうとすることにだって、なんの意味もない。砂場をなんでまたわざわざ三歩でジャンプする必要が、あるというのか。

それで誰か困っている人を救うことは出来ないし、社会の進歩にも労働時間の短縮にも貢献《こうけん》出来るわけではない。

棒高飛びの技術があれば、もしかしたら城攻めには有利かもしれないが、攻める城を探す方が大変だ。棒は電車に持ち込むにも車に積むにも少々長すぎるし。マラソンなら役にたつかもしれない。近未来、エネルギー資源が枯渇《こかつ》したら、みんな郊外の自宅から会社までマラソンで通勤するの。健康にいいし、地球にやさしいし……いや、そういうことでなく。

意思の力で物体を動かすことは不可能だ。

その不可能が、たとえマッチ一本であれ、コップ一ミリであれ、出来たとしたらこんな物凄いことはない。

肉体ひとつで空を飛ぶことは不可能な人類が、一ミリ、大地から宙に浮くというのと同じことではないか。何ミリだろうが問題じゃない。浮くんだよ、人間が！　宙に！　マトリックスでデータ盗むのにあんなに苦労して宙吊りになる必要ないじゃん！　………いや、だからそーゆーことでなく。

盂蘭盆会とは、ご存じのように陰暦《いんれき》七月に行なわれる祖霊供養《くよう》の法会《ほうえ》です。

以下、「世界宗教大辞典」より。

「サンスクリット語のavalambanaの転訛《てんか》したullambanaの音写と説《と》かれてきたが、最近では、これを否定して、盂蘭盆会の原語は、イラン語系の死者の霊魂を意味する、urvanであるとする説が出ている」

これまで雑誌などに発表した読み切り作品でまだ単行本に収録されていない作品がいくつかありまして、常々まとめたいなあと思っていたのですが、今回そのうちの一作が機会を得られました。本書収録作品のうち二作目は、今回に合わせた書き下ろし作品です。

このたびオーケーを下さったビブロス編集部に、心よりお礼申し上げます。

そして、佐々成美《さっさなるみ》様、大変大変ありがとうございました。

二〇〇〇年十月吉日　　花郎藤子

Hanamaru Bunko

作家・イラストレーターの先生方へのファンレター・感想・ご意見などは
〒101-0063 東京都千代田区神田淡路町2-2-2
白泉社花丸編集部気付でお送り下さい。
編集部へのご意見・ご希望などもお待ちしております。
白泉社のホームページはhttp://www.hakusensha.co.jpです。

白泉社花丸文庫

ウルバンの月

2000年10月25日　初版発行

著　者　花郎藤子

発行人　角南 攻

発行所　株式会社白泉社
〒101-0063 東京都千代田区神田淡路町2-2-2
電話 03(3526)8070(編集) 03(3526)8010(販売)

印刷・製本　株式会社廣済堂
Printed in Japan　HAKUSENSHA　ISBN4-592-87197-9
定価はカバーに表示してあります。